行\知\茶\文\化\丛\书

普洱六山记

马哲峰　陈晓雷　著

中州古籍出版社
·郑州·

图书在版编目（CIP）数据

普洱六山记 / 马哲峰，陈晓雷著. —郑州：中州古籍出版社，2020.9（2021.11重印）

（行知茶文化丛书）

ISBN 978-7-5348-9424-4

Ⅰ.①普… Ⅱ.①马… ②陈… Ⅲ.①散文集－中国－当代 Ⅳ.①I267

中国版本图书馆CIP数据核字(2020)第181763号

PU'ER LIU SHAN JI
普洱六山记

出版发行：中州古籍出版社
地址：郑州市郑东新区祥盛街27号6层
邮编：450016　电话：0371-65788693
经　　销：河南省新华书店发行集团有限公司
承印单位：辉县市伟业印务有限公司
开　　本：710mm×1000mm　16开
印　　张：18
字　　数：216千字
版　　次：2020年9月第1版
印　　次：2021年11月第2次印刷
定　　价：68.00元

若发现印装质量问题，请与出版社联系调换。

《行知茶文化丛书》编委会

主任：马哲峰

委员（以姓氏笔画为序）：

于巾涵　马　琼　马博峰　王小莉

王刘甜　王利锋　王　娟　冯　华

许　婧　李　静　杨晓茜　杨　静

张　梦　陈晓雷　赵　斌　高冰晓

涂俊虹　黄莹莹　崔梵音　魏菲菲

总 序

知行合一,习茶之道

郭孟良

好友马君哲峰,擅于言更敏于行,中原茶界活动家也。近年来创办行知茶文化讲习所,致力于中华茶文化的教育传播。他一方面坚持海内访茶、习茶之旅,积累实践经验,提升专业素养,并以生花妙笔形诸文字,发表于纸媒或网络,与师友交流互鉴;另一方面在不断精化所内培训的同时,走进机关、学校、社区、企业,面向公众举办一系列茶文化专题讲座,甚得好评。今整理其云南访茶二十二记,编为《普洱寻茶记》,作为"行知茶文化丛书"的首卷,将付剞劂,用广其传,邀余为序。屡辞不获,乃不揣浅陋,以"知行合一,习茶之道"为题,略陈管见,附于卷端,以为共勉。

知行合一,乃我国传统哲学的核心范畴,所讨论的原是道德知识与道德践履的关系。《尚书·说命》即有"非知之艰,行之惟艰"的说法。宋代道学家于知行观多所探索,朱子集其大成,提出了知行相须、知先行后、行重于知等观点。至明代中叶,阳明心学炽盛,以良知为德性本体、致良知为修养方法、知行合一为实践工夫、经世致用为为学旨归,从而成就知行合一学说。以个人浅见,知行合一可以作为茶人习茶之道,亦可以作为"行知茶文化丛书"的理论支撑,想必也是哲峰创办行知茶文化讲习所的初衷。

知行本体,习茶之基。知行关系可以从两个层面来理解,一般来说,知是一个主观性、人的内在心理的范畴,行则是主观见之于客观、人的外在行为的范畴;而就本体意义上说,二者是相互联系、相互包含、不可割裂为二、也不能分别先后的,"知之真切笃实处即是行,行之明觉精察处即是知"。茶文化的突出特征是跨学科、开放型,具有综合效应、交叉效应和横向效应,既以农学中惟一一个以单种作物命名的二级学科茶学为基础,更涉及文化学、历史学、经济学、社会学、民俗学、文艺学、哲学等相关学科,堪称多学科协同的知识枢纽,故而对茶人的知识结构要求甚高。同时,茶文化具有很强的实践性特征,表现为技术化、仪式化、艺术化,需要学而时习、日用常行、著实践履。因此,茶文化的修习必须坚持知行本体,以求知为力行,于力行中致知,其深层意蕴远非简单的"读万卷书行万里路"所可涵盖。

知行工夫，习茶之道。阳明先生的知行合一既是一个本体概念，更是"一个工夫""不可分作两事"。这与齐格蒙特·鲍曼"作为实践的文化"颇有异曲同工之妙。一方面，"知是行的主意，行是知的工夫""真知即所以为行，不行不足以谓之知"，作为主观的致知与客观的力行融合并存于人的每一个心理、生理活动之中，方可知行并进；另一方面，"知是行之始，行是知之成"，亦知亦行、且行且知是一个动态的过程。茶文化的修习亦当作如是观，博学之，也是力行不怠之功，笃行之，只是学之不已之意；阅读茶典、精研茶技是知行工夫，寻茶访学、切磋茶艺何尝不是知行工夫；只有工夫到家，方可深入堂奥。从现代意义上说，就是理论与实践相统一。

人文化成，习茶之旨。阳明晚年把良知和致良知纳入知行范畴，"充拓""至极""实行"，提升到格致诚正修齐治平的高度。茶虽至细之物，却寓莫大之用，成为中华优秀传统文化的重要载体，人类文明互鉴和国际交流的元素与媒介。在民族伟大复兴、信息文明发轫、文化消费升级的背景下，茶文化的修习与传播，当以良知笃行为本，聚焦时代课题、家国情怀、国际视野，以茶惠民，清心正道，以文化成，和合天下，为中华民族共同体和人类命运共同体的构建发挥其应有之义。

基于上述认识，丛书以"行知"命名，并非强调行在知前，而是在知行合一的前提下倡导力行实践的精神。作为一个开放性的丛书，我们希望哲峰君的寻茶、讲茶之作接二连三，同时更欢迎学界博学、审问、慎思、明辨的真知之作，期待业界实践、实操、实用、实战的笃行之作，至于与时俱进、守正开新的精品杰构、高峰之作，当寄望于天下茶人即知即行，共襄盛举，选精集粹，众志成城，共同为复兴中华茶文化、振兴中国茶产业略尽绵薄之力，以不辜负这个伟大的新时代。

戊戌春分于郑州

郭孟良，历史文化学者，茶文化专家，出版有《中国茶史》《中国茶典》《游心清茗：闲品〈茶经〉》等著作。

序 言

历尽百般磨难，终取茶中真经

苏芳华

古六大茶山位于云南省西双版纳傣族自治州勐腊县和景洪市境内，面积逾两千平方公里，分别为攸乐、莽枝、革登、倚邦、蛮砖、易武（漫撒）。这里是普洱茶的原产地，七子饼茶的故乡，曾是清廷的贡茶产地。到清朝乾隆后期，六大茶山茶园面积已达十万亩，入山作茶者数十万人，一片繁忙辉煌的景象。

为重振普洱茶的辉煌，云南省农科院茶叶研究所第一任所长蒋铨先生组织一支全州各版纳茶叶普查工作队，从1957年11月15日起到12月15日止，历时一个月，行程一千二百多里，走遍了六大茶山，后来写就了《古"六大茶山"访问记》一文，为记录古六大茶山留下了宝贵的科考调查报告。

1994年，由台湾中华茶联合会会长吕礼臻先生带队，组织了时称"茶疯子"的台湾茶界痴茶人士汪荣修、何健、陈怀远、吴芳洲、曾至贤等，连续四年赴古六大茶山考察，跑遍了六大茶山，写出了《古六大茶山寻根之旅》，刊登在曾至贤所著《方圆之缘》一书"茶马古道第二站"中。

2006年,《云南政协报·观察周刊》记者詹英佩只身走进古六大茶山,她花了五六年时间,先后十二次对六大茶山进行考察,出版了专著《中国普洱茶古六大茶山》,详尽介绍了古六大茶山的前世今生。

2011年起,中原茶界活动家、才子马哲峰先生每年春秋两次,带领中原的普洱茶爱好者,到云南古六大茶山游学问茶。他们不怕路途遥远,不怕山高箐深,不怕道路泥泞,不怕大雨滂沱,或开着越野车、皮卡车,或骑乘摩托车,或步行,翻山越岭,涉水而行,进入古六大茶山,其中的艰难可想而知。

2018年冬,在从刮风寨赶回麻黑村的大路上,马哲峰先生从载人摩托车上摔了下来,摔断了右腿,至今右腿脚踝处还留有一块钛合金板、四颗钛合金钉和六颗螺帽,留下了永久的纪念。

三国时期,曾经躬耕南阳的武侯诸葛孔明率军南征时遍历六山,"孔明植茶"的故事至今还在古六大茶山流传,并被茶农尊奉为"茶祖"。如今,每年农历七月二十三诸葛孔明诞辰这天,六山的茶农都要举行祭拜茶祖孔明的集会,称为"茶祖会",以示对孔明的感念。诸葛孔明躬耕地南阳隶属于华夏文明昌盛的中原大地,文化的传承生生不息。在1700多年以后的当下,从2011年起,来自中原郑州的行知茶文化讲习所所长马哲峰老师,每年春秋两季都会带领十几名学员到访云南,深入茶树原产地核心区域的古六大茶山游学问茶,他们深入茶山的村寨,进农家、访茶农、去茶园、亲自采茶;进初制所,亲自杀青、揉捻、制茶;吃农家饭,品普洱茶。数十次遍历六山,循着茶祖孔明的足迹,探访古六大茶山的遗迹,或在茶马古道,或在老茶号遗址,或在残垣断壁处,或在遗存石碑旁,或拍照,或拓碑,或用放大镜对准碑文观看寻思,或找当地老茶人采访,或翻阅古籍文献,细心寻找有关普洱茶的只言片语,连续十年,终于取得真经。他是迄今为止去往古六大茶山次数最多的一位学者。从2018年起,他相继出版了《普洱寻茶记》《读懂中国茶》两部大作。这次《普洱六山记》的出版发行,更是他用翔实的历史资料和自己用双脚丈量六山而取得的真经。这是一本弘扬普洱茶文化、宣传云南六大茶山和普洱茶的好书,是对云南茶树原产地西双版纳州茶产业发展做出的重大贡献,这是一本值得读者阅读、拥有并读懂古六大茶山和云南普洱茶的一本好书。

  游学问茶是马哲峰老师的创造发明,他用这种方式,让学员们领略了云南茶树原产地的美丽自然风光和厚重人文历史,领略了种茶之艰辛,制茶之艰难,寻茶之不易。在经历了千辛万苦之后,学员们终于知道了什么是茶,茶的生物习性,茶树原产地的环境条件,怎样制好茶,怎样判别茶叶的好坏,怎样品饮茶……他们最终取得真经成为普洱茶的行家里手和茶叶专家,这比那些在课堂上空谈茶叶书本知识的教学方法,不知高明多少倍。我非常乐意为这本书写序,感谢作者的信任;并由衷地希望作者再接再厉,继续致力茶教育,促进茶经济,弘扬茶文化事业。

2020年8月16日于昆明

苏芳华,中国土产畜产云南茶叶进出口公司总经理办公室原主任,高级工程师,主编出版有《中国普洱茶百科全书》等。

目录

历史篇 …………………………………… 1

漫话六大茶山 …………………………… 3

普洱贡茶的故事 ………………………… 14

茶祖孔明的传说 ………………………… 27

倚邦土司曹当斋的故事 ………………… 39

倚邦恤夷碑背后的故事 ………………… 50

倚邦保全碑背后的故事 ………………… 60

倚邦止价碑背后的故事 ………………… 67

蛮砖会馆功德碑背后的故事 …………… 74

漫撒新建石屏会馆碑背后的故事 ……… 83

漫撒寄户临时执照碑背后的故事 ……… 91

易武永安桥碑背后的故事 ……………… 99

易武断案碑背后的故事 ………………… 108

易武二比执照碑背后的故事 …………… 115

当代篇 …………………………………… 123

普洱茶的原乡：西双版纳 ……………… 125

景洪风土记 ……………………………… 132

攸乐山寻茶记 …………………………… 140

勐腊风土记 ……………………………… 150

目录

莽枝山寻茶记 …………………… 158

革登山寻茶记 …………………… 168

曼林寻茶记 ……………………… 176

桐箐河寻茶记 …………………… 185

百花潭寻茶记 …………………… 199

薄荷塘寻茶记 …………………… 208

哆依树寻茶记 …………………… 222

凤凰窝寻茶记 …………………… 232

冷水河寻茶记 …………………… 242

茶坪地寻茶记 …………………… 252

茶王树寻茶记 …………………… 262

历史篇

历史篇

漫话六大茶山

— 普洱六山记 —

云南茶马古道（勐腊段）

爱上普洱茶，久矣！

过去十数年间，每年春秋两季，游走滇南茶区，足迹所至，遍历西双版纳州六大茶山。从景洪市基诺山乡攸乐山，到勐腊县象明乡莽枝山、革登山、倚邦山与蛮砖山，再到易武镇易武山（漫撒山），漫步倚邦老街、易武老街，徜徉在各个村寨里，徘徊在过往岁月遗存下来的茶马古道上，迷醉在热带雨林深处的古茶园里。洋溢在老人、孩子、年轻人脸上的笑容，凝固了岁月的片段，雕刻了时光的印痕，那山、那人、那茶，绘就一幅活色生香的茶山民俗生活画卷。

回溯过往，因茶而兴，因茶而衰，在王朝兴替、历史变迁的过程中，在这片土地上生活的人民，有多少人如过客般来去匆匆，演绎出无数悲欢离合的曲目，最终都又湮没在无声的岁月深处。

现今六大茶山属于云南省西双版纳傣族自治州管辖，西双版纳这片土地上曾经长期推行土司制度。土司制度是中国封建王朝中央政府在部分少数民族地区任命各族首领世袭官职，统治当地人民的一种制度。元代至元三十年（1293）置彻里路军民总管府，明洪武十七年（1384）改设车里宣慰使司，清代因袭明代旧制，并行改土归流。民国时期土司与流官共治，至中华人民共和国初期（1956），土司制度彻底废除。始于元代，昌盛于明清，衰弱于民国，残存至建国初期，土司制度在西双版纳存续近700年之久。

普洱茶之名见诸史籍记载始于范承勋监修，吴自肃、丁炜主编，成书于康熙三十年（1691）的《云南通志》，其书载："普洱茶，出普洱山，性温味香，异于他产。""莽支山、茶山，二山在城西北普洱界，俱产普茶。"康熙五十三年（1714）章履成《元江府志》载："普洱茶，出普洱山，性温味香，异于他产。""驾部山，元山在城西南九百里普洱界，俱产普茶。"此际的车里宣慰司尚在元江府治下，莽支山、驾部山是否是后来史籍中记载的莽枝山、架布山呢？这是个饶有趣味的大胆猜想。

囿于文献记载的阙如，改土归流之前六大茶山的史实尚待考究。这让人忍不住会去猜想，那到底是何种面貌？给人留下了无尽的想象空间。

本质上，土司制度下的领地仍然是国中之国，与大一统的中央王朝集权制相抵牾。在王朝政权根基未稳时期，或可作为权宜之法，一旦王朝集权走强，终不免于衰亡。改土归流始自明代，进入清代不断加强。以雍正七年（1729）设普洱府为标志，澜沧江以东六大茶山等地区改土

牛滚塘大街

牛滚塘街大青树

归流，澜沧江以西地区仍实行土司统治。由此，六大茶山走向普洱茶历史舞台的中心，引领普洱茶潮流近三百年。

改土归流设普洱府，起始就与茶密切相关。一切都要从雍正七年改土归流之前说起。汉族客商进到莽枝山贩茶，因江西籍茶客与少数民族茶山头领麻布朋之妻暗通款曲的桃色事件激发矛盾，一对野鸳鸯丢掉了性命，人头双双挂在了牛滚塘大青树上。挥刀杀人复仇的麻布朋连同他的上级橄榄坝土司刀正彦，以纵容劫杀汉族客商的罪名给人以口实，引发了云贵总督鄂尔泰改土归流的军事行动。事件以麻布朋、刀正彦双双被斩杀，茶山被官军荡平，民生涂炭，六大茶山及橄榄坝等江内六版纳改土归流划归普洱府告终。由此，六大茶山纳入了流官政权普洱府治下，六大茶山成为榷茶与贡茶之地直至清朝末期。一部六大茶山的历史，半部普洱茶的历史，人民挥洒汗水与热血，在六大茶山这片土地上写就一部时而慷慨激昂、时而婉转悲凉的普洱茶之歌。

六大茶山进入史籍记载，始于雍正《云南通志》。此书于雍正七年(1729)由鄂尔泰奉命纂辑，靖道谟总纂，成书于乾隆元年(1736)。书中载曰："普洱府，茶，产攸乐、革登、倚邦、莽枝、蛮砖、慢撒六茶山，而倚邦、蛮砖者味较胜。"相隔两个多世纪后，还能够从中品读出炫耀功绩的意味。

改土归流设立普洱府的过程中，有着汉族血统的曹当斋、伍乍虎双双为清廷所倚重，前者成了统领倚邦、蛮砖、莽枝与革登四茶山的倚邦土司，后者成了统领漫撒茶山的易武土司，世袭的倚邦曹氏土司、易武伍氏土司成为六大茶山历史上地位最为显赫的两大土司家族。至于攸乐山，行政上似乎一直归属于橄榄坝土司管辖，但在承办贡茶的时候，攸乐归属于倚邦土司节制。

雍正十三年（1735），在普洱府治下改设思茅厅并置宁洱县，十三版纳名义上归属于车里宣慰司管辖，实则主导权被分置为思茅厅管下者八，宁洱县管下者五。六大茶山归诸思茅厅治下。清廷对于茶非常重视，此后的史籍记载、文人记述，颇多六大茶山之事。

文献记载六大茶山之名互异。阮元、尹里布监修，王松、李诚主纂，成书于道光十五年(1835)的《云南通志》援引檀萃《滇海虞衡志》云："普茶，名重于天下，出自普洱所属六茶山：一曰攸乐，二曰革登，三曰倚邦，四曰莽枝，五曰蛮砖，六曰漫撒，周八百里，入山作茶者数十万人。茶客收买，运于各处。"又引《思茅厅采访记》云："茶有六山：倚邦、架布、嶍崆、蛮砖、革登、易武。"其中收录的《普洱茶记》一文为阮元之子阮福所作，阮文中已经注意到了六大茶山之名互异。这并不难理解，檀萃所述为资料的搜集并有不无夸饰之语，而《思茅厅采访记》则是官方为编纂志书派专人实地考察收集的资料。由于受战乱、灾荒、瘟疫等天灾人祸的影响，各个山头因茶兴衰起伏，正是现实的写照。

改土归流设立普洱府后六大茶山的行政辖区一直比较稳固。道光三十年（1850）李熙龄纂《普洱府志》中有普洱府地舆总图，图上标注得很清楚，易武土把总辖漫撒茶山，倚邦土把总辖莽枝茶山、革登茶山与蛮砖茶山，橄榄坝土千总辖攸乐。"土司"卷下则清楚地记述："倚邦土把总管理攸乐、莽枝、革登、蛮砖、倚邦茶山，每年定例承办贡茶。易武土把总管理漫撒茶山，协同倚邦承办贡茶。橄榄坝土把总管下有攸乐土目二，一管村寨三十二，一管六寨。"这说明倚邦土司管辖莽枝、革登、蛮砖与倚邦四山，易武土司管辖漫撒一山，橄榄坝土司管辖攸乐一山。但在承办贡茶时，攸乐土目听从倚邦管理。在"山川源委"卷下则指称六茶山为攸乐、莽枝、革登、蛮砖、倚邦、漫撒（即易武）。

六大茶山的名称是确定的，就是攸乐、莽枝、革登、蛮砖、倚邦、漫撒（易武）茶山。它们的行政归属权很明确，不仅是行政、地理上的山名，而且承担有税赋、贡茶事项。具体到倚邦土司治下四山辖区内，架布、嶍崆等小山甚多，伴随茶的重心转移而山名各异。而在易武土司辖区内，茶的重心从早期的漫撒转向后期的易武，山因此而易名。光绪《普洱府志》"地理志"卷下有记："漫撒山易名易武山。"比较有趣的是攸乐山，在行政上一直归属橄榄坝土司管辖，但在缴纳税赋、承办贡茶的时候则听从倚邦土司管理。

六大茶山名称来历传说出自武侯诸葛亮。雍正《云南通志》载"六茶山遗器"曰："旧传武侯遍历六山，留铜锣于攸乐，置镔于莽芝，埋铁砖于蛮嵩，遗木梆于倚邦，埋马镫于革登，置撒袋于慢撒，因以名其山。"这是属于明显的附会，真实的来历应当是出自少数民族的语言。

雍正《云南通志》载："普洱府，人多顽蠢，地寡蓄藏，衣食仰给茶山，服饰率从朴素，崇信巫鬼，未革夷风。"六大茶山少数民族有崇拜自然的习俗。"又莽枝有茶王树，较五山茶树独大，相传为武侯遗种，今夷民犹祀之。"有意思的是在后续的文献记载中，夷民祭祀的茶王树所在地在莽枝山、茶山、革登山间不断变换。

道光《云南通志》卷十七"食货志·物产·普洱府"所载六山茶事颇为丰富，究其来源，主要有三种：其一是援引文人的记述，如檀萃《滇海虞衡志》；其二是编纂志书时的征集采访，如《思茅厅采访记》；其三是转引其他志书，如《思茅志稿》等，其中收录阮福所作《普洱茶记》一文，就是这样撰写而成的。通过分析和整理，还是能够得到众多有价值的信息。

采茶时注重嫩度与时令。"二月间开采，蕊极细而白，谓之毛尖。其叶少放而犹嫩者，名芽茶。采于三四月者，名小满茶。采于六七月者，名谷花茶。女儿茶为妇女采于雨前。"除却延续传统贵嫩、贵早，更有别具民族风情的女儿茶，难免让人浮想联翩。

制茶时注重工序与细节。"须以三四斤鲜叶,方能折成一斤干茶。采而蒸之,揉为团饼。将揉时,预择其内之劲黄而不卷者,名金月天。其固结而不解者,名疙瘩茶,味极厚难得。"制茶过程中衍生的副产品,相较于今人俗称的"黄片",名称古雅的"金月天"更叫人喜欢。"疙瘩茶"的名称贴切生动,充满生活气息。

贡茶有固定的形制与品类。"每岁备贡者,五斤重团茶,三斤重团茶,一斤重团茶,四两重团茶,一两五钱重团茶,又瓶盛芽茶、蕊茶,匣盛茶膏,共八色。"团茶五种,五斤重的大普茶被民间称为人头贡茶,四两重的团茶又名女儿茶,蕴含有向皇帝尽忠的意味,体现出传统文化中的狞厉之美。

商茶有自身的特征与卖点。"贡后方许民间贩卖。其入商贩之手,而外细内粗者,名改造茶。"方非一式,圆不一像。方圆紧茶形制中蕴含有天圆地方的传统文化意蕴。

诞生自农耕文明时代,历经数百年千锤百炼而成的普洱茶制作技艺,传承至工业文明时代,已经入列非物质文化遗产保护名录。2008年6月,清代普洱府治所在地的宁洱县申报的普洱贡茶制作技艺入列国家级非物

压制普洱圆茶的石模(正面)

压制普洱圆茶的石模(背面)

压制普洱方茶的木模

质文化遗产保护名录。2009年8月，普洱茶原产地的六大茶山，普洱茶传统制作技艺（易武七子饼茶制作技艺）入列云南省第二批非物质文化遗产保护名录。2013年11月，普洱茶老字号"车顺号"传统制作技艺入列云南省第三批非物质文化遗产保护名录。作为传统普洱茶制作技艺的历史实物佐证，在易武山落水洞村、倚邦山曼拱村等地茶农家中，还保留有过往时代加工普洱圆茶留存下来的石模。普洱市博物馆展览的文物中，尚有压制普洱方茶的木模。

六大茶山，从土司领地到流官治下，外来汉族等移民，不畏艰险，走夷方、上茶山。他们筹建会馆，创办茶号，植茶、制茶、贩茶，使得普洱茶从原乡走向远方，名播天下，将自身与这方土地的命运融为一体，书写出一个又一个传奇故事。

自普洱府设立,终清一代,在六大茶山土地上,围绕权利归属,中央王朝与地方政权,流官政府与土司势力,内外土司势力之间,争斗不止。汉族与少数民族之间,各少数民族之间,亦多纷争。在政治、经济、文化等各种因素的影响下,人与人、人与民族、人与国家之间,演绎出了一幕又一幕或慷慨激昂,或悲凉凄婉的人间话剧。而这一切,都借由这普洱茶铺陈开来。

从民国直至新中国成立初期土司制度废除,历经战乱的摧残,伴随政权的更替,经济体制的变革,运输方式的改变,普洱茶产地、生产、加工与贸易的重心由澜沧江以东的倚邦、易武等六大茶山转向澜沧江以西勐海等地区的南糯、勐宋诸茶山。如今的勐海,是举世公认的普洱茶第一县。

民国《镇越县志》记载:"易武连同倚邦在内,昔年称五大茶山,近则茶园荒芜,较诸往昔一落千丈,每年产额仅千担而已。"衰落至这般地步,读来让人心碎。

茶之制造:"种户于茶发叶时,日往园中将茶叶采回,用锅蒸熟,加工揉细,曝于阳光下,或用火焙干,售与茶商,制为圆茶或方茶。"技艺的传承,连绵不绝,为后世普洱茶的复兴,留下火种。

民国《车里》记载:"车里(十二版纳)茶叶出产地为江南方面的倚邦、易武、漫撒、蛮砖、莽枝、革登、攸乐等处,江外方面为勐海、南糯、勐松、勐遮、勐混等处。"从民国至今,澜沧江两岸各大茶山,与今天的分布如出一辙,历史已经就此埋下了伏笔。

方茶、圆茶、紧茶,内销昆明等省内各处,以及省外重庆等处,边销至西藏，行销至香港，外销越南、泰国、缅甸。内销、边销、港销与外销，普洱茶的消费领域不断扩大，至今已经成为普世的风尚。

普洱茶作为农耕文明时代的产物，伴随清代普洱府的设立，在外来先进文明影响下走向昌明时代。历经民国的曲折坎坷，直到新中国成立初期的20世纪50年代，随同土司制度一起走向农耕文明时代的终结。随之而来就是注入工业文明元素的普洱茶新时代。而今，传统农耕文明与现代工业文明的成果共同注入普洱茶，使其再度焕发蓬勃的生命力。

《勐腊县志》载："1949年建国前夕，县境茶园采摘面积只有2770亩，年产量401担。建国后直至1984年，国家对茶叶购销实行'全额收购，统一调拨'政策。1958年前县境不通公路，本县所产茶叶除少量在本地销售外，全部运销佛海（今勐海）茶厂。1959年小勐养至勐腊公路通车后，本县茶叶便直接运销下关和昆明。经下关茶厂加工的茶叶，销往西藏。经昆明茶厂加工的茶叶，主要销往国外。1980年后，本县茶叶除运销下关、昆明茶厂外，一部分还运销勐海茶厂。1983年总销售茶叶3466.3担，其中县内销售210担。"半个多世纪过后，先民留下的古茶园，今人培植的新茶园，再次成为六大茶山土地上的绿色黄金。今人再度因茶而兴，过上了从未有过的好生活。

计划经济年代，六大茶山成为国营茶厂原料基地，几至陷入湮没无闻的境地。20世纪90年代，再次崭露头角，直到如今再次名播天下，又一次迎来昌盛时代。就在我们生活的这个时代，人们又一次卷入六大茶山的历史洪流中，未来将书写出怎样的剧目？说不尽的六大茶山，余味无穷的普洱茶，等待着人们不断去探寻。

历史篇

普洱贡茶的故事

普洱六山记

大普茶（普洱市博物馆展品）

普洱贡茶，一个饶有兴味的话题。多年来，伴随着普洱茶市场一波又一波热潮涌动，时不时就会被拿出来讨论一番，每每总能引起普洱茶友们的热情围观。人们一边品鉴普洱茶，一边闲话贡茶的故事，故事内外，折射出过往与现实中的世情百态。

有清一代，普洱茶名播天下，京师尤重之，成为瑞贡天朝的贡品，一时风光无两。终清一季，伴随着王朝覆亡，普洱贡茶成为绝响。

如今的人们，想要彻底搞清楚普洱贡茶的历史原貌，并不是一件容易的事。好在或多或少还有史志、档案、碑刻记载，以及朝野文人记述，加上民间掌故与传说，互为佐证，使得追寻普洱贡茶脉络成为可能，一个个鲜活生动的情节串联起来，构成了一篇普洱贡茶的故事。

民国时期的前清遗老罗养儒《纪我所知集》（新版又名《云南掌故》）卷十九"解茶贡"中记述："论云南贡茶入帝廷，是自康熙朝开始。康熙某年有旨，饬云南督抚'派员，支库款，采买普洱茶五担运送到京，供宫廷作饮'。自此，遂成定例，按年进贡一次。"时过境迁，我们并不知道文中所说贡茶起始于康熙朝所本为何，权且作为一个可资参考的说法吧！

《康熙朝汉文朱批奏折汇编》所记："康熙五十五年（1716），云南开化镇总兵阎光炜曾进普洱茶四十圆，孔雀翅四十副，女儿茶八篓，巨藤子二袋。"就目前已知文献记载，就是这么一个云南地方武官无意中开启了普洱茶进贡的历史。

就连文献中普洱茶名称的确切记载，也是始见康熙三十年（1691）《云南通志》"元江府"条下所载："普洱茶，出普洱山，性温味香，异于他产。"这个不难理解,当时普洱茶的产区,就归属于元江府下辖之地。

普洱茶成为正式贡品,始于雍正年间。雍正七年(1729),云贵总督鄂尔泰厉行改土归流,将澜沧江以东六版纳土司地划归新设立的普洱府管辖,澜沧江以西地方仍归属于车里军民宣慰司管辖。同年八月六日,云南巡抚沈廷正向朝廷进贡茶叶,其中包括:"大普茶二箱,中普茶二箱,小普茶二箱,普儿茶二箱,芽茶二箱,茶膏二箱,雨前普茶二匣。"现今,如果到访普洱市博物馆,仍然可以看到展柜中陈列的沈廷正贡茶进单。

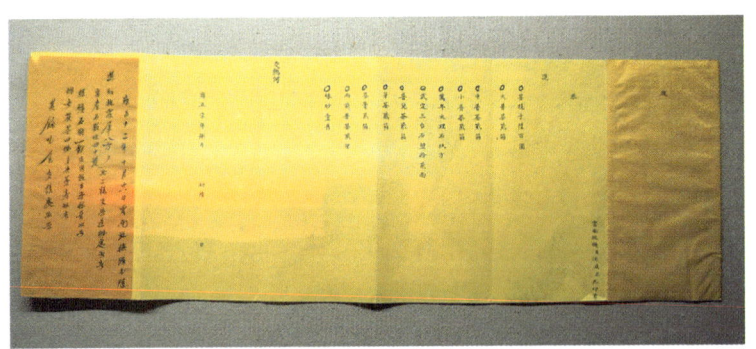

云南巡抚沈廷正贡茶进单(普洱市博物馆展品)

倘若康熙年间官阶较低的武官阎光炜向皇帝进贡普洱茶是为了投机钻营的话,显然他并没有达到目的,因为贪污腐化,阎光炜被康熙皇帝撤职处分。而雍正年间云南巡抚沈廷正进贡普洱则有展示功绩的成分,实际上雍正皇帝才是改土归流的幕后推手。我们并没有看到雍正皇帝对普洱茶的只言片语记录,或许这位励精图治的皇帝品味了普洱茶之后,更多的喜悦来自改土归流的成果吧!

　　普洱市博物馆展示文物中,还有雍正十二年(1734)云南巡抚张允随的贡茶进单:"……普茶蕊一百瓶,普芽茶一百瓶,普茶膏一百匣,大普茶一百元,中普茶一百元,小普茶二百元,女儿茶一千元,蕊珠茶一千元。"张允随任云南督抚二十载,很有可能是进贡普洱茶时间最长、次数最多的官员。

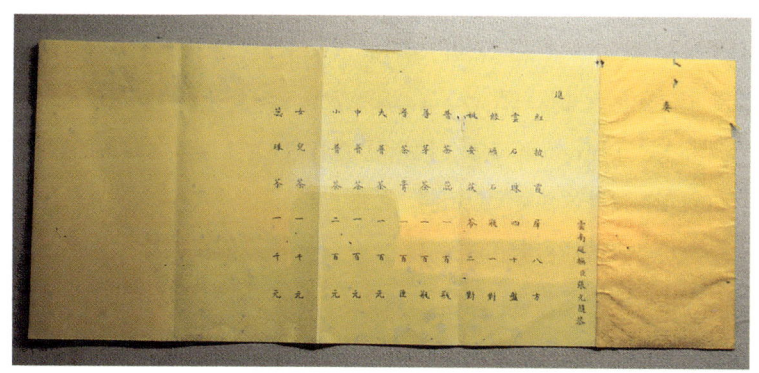

云南巡抚张允随贡茶进单(普洱市博物馆展品)

　　清代普洱贡茶的鼎盛期是在乾隆时期。云贵总督富纲于乾隆五十九年(1794)三月二十六日进贡:"普洱大茶二十圆、普洱中茶二十圆、普洱女茶五百圆、普洱蕊茶五百圆、普洱蕊茶五十瓶。"四月二十四日进贡:"普洱大茶五十圆、普洱中茶五十圆、普洱小茶二百圆、普洱女茶五百圆、普洱蕊茶五百圆、普洱芽茶五十瓶、普洱茶膏五十匣、普洱蕊茶五十瓶。"同年四月二十三日,贵州巡抚冯光熊进贡:"普洱大团茶五十圆、普洱中团茶五百圆、普洱小团茶一千圆、普洱蕊茶五十瓶、普洱芽茶五十瓶、普洱茶膏一百匣。"同年四月二十九日云南巡抚费淳进贡："普洱大茶五十圆、普洱中茶五十圆、普洱小茶一百圆、普洱女茶五百圆、普洱珠茶五百圆、普洱芽茶五十瓶、普洱蕊茶五十瓶、普洱茶膏五十匣。"仅仅在这一年中，云贵总督富纲就曾两次进贡普洱茶，云南巡抚费淳、贵州巡抚冯光熊各进贡了一次普洱茶。

光绪朝的普洱贡茶，据《宫中杂件》中记载，光绪三年（1877）四月新收普洱的数量为："普洱大茶九十个，普洱中茶九十个，普洱小茶九十个，普洱女儿茶三百个，普洱珠茶四百五十个，普洱蕊茶八十瓶，普洱芽茶八十瓶，普洱茶膏八十匣。"对比雍正、乾隆、光绪时的贡单，可以发现普洱茶的种类大致相同，数量上可能会有一定的起伏变化。

进贡普洱茶的档案非常详尽，区分为团茶、散茶与茶膏三种。团茶有大、中、小、女儿茶、蕊茶（珠茶），单位为圆（元或个）。散茶有蕊茶、芽茶，单位为瓶。茶膏单列为一种，单位为匣。团茶单位为本身的形制，散茶、茶膏单位是盛装的器具。知道了贡茶种类与数量，那么具体到不同种类、形制贡茶的重量是多少呢？

我们先来看看乾隆二十年（1755）张泓在《滇南新语》中的记载："散茶类的蕊珠茶、毛尖，二两、四两重的团茶，一斤至十斤重制成团的女儿茶，女儿茶熬制成的茶膏。"与同期贡茶进单相对照，种类大致相同，但在名称与重量上则与后期文献的记载有差异。其次是乾隆三十年（1765）赵学敏《本草纲目拾遗》的记载："普洱茶，出云南普洱府，成团，有大中小三等。大者一团五斤，如人头式，名人头茶。"五斤重人头贡茶，名称肇始于此。此外还有乾隆四十七年（1782）吴大勋《滇南闻见录》的记载："每年土贡有团有膏。"从张泓、赵学敏与吴大勋三人的记述来看，可能因为没有接触过第一手资料，与后期贡茶案册记述有出入，多了几分民间口传的感觉。

更加可靠的记载出自道光十五年（1835）王松、李诚主纂的《云南通志》中援引阮福所作《普洱茶记》："福又检贡茶案册，知每年进贡之茶，例于布政司库铜息项下动支银一千两，由思茅厅领去，转发采办，并置办收茶锡瓶、缎匣、木箱等费。每年备贡者，五斤重团茶，三斤重团茶，一斤重团茶，四两重团茶，一两五钱重团茶，又瓶盛芽茶、蕊茶，匣盛茶膏，共八色。"阮福是时任云贵总督阮元的儿子，有机会接触到贡茶档案。其所作《普洱茶记》一文入选了其父阮元主持监修的《云南通志》中。这在当时，于情于理都是说得通的事情。

仅以乾隆五十九年（1794）普洱贡茶为例，云贵总督富纲进贡普洱茶两次，云南巡抚费淳进贡普洱茶一次，就连贵州巡抚冯光熊也进贡一次普洱茶。一年当中普洱茶四次入贡，加起来总数是相当可观的，但也远远没有达到所谓年贡普洱茶 66666 斤的总重量，难免让人对其出处与缘由浮想联翩。

事实上，并非每个官员都有资格向皇帝进贡。乾隆五十五年（1790）八月初二，乾隆皇帝圈定了进贡人员名单（共 84 人），据此可以将有进贡资格的人员分为六类：一是宗室亲贵，有亲王、郡王、贝勒；二是中央大员，包括大学士、尚书、左都御史、都统；三是地方大吏，有总督、巡抚、将军、提督；四是织造、盐政、关差；五是致仕大臣；六是衍圣公。清代，茶叶既有每年进贡的定额土贡，也有节庆及临时性进贡。

从种种迹象来看，雍正年间普洱茶成为贡茶，几乎是一种必然。雍正七年（1729），云贵总督鄂尔泰改土归流设普洱府，普洱茶主产地纳入普洱府管辖。同年，鄂尔泰奉命纂辑，靖道谟总纂，乾隆元年（1736）成书的《云南通志》载："茶，产攸乐、革登、倚邦、莽枝、蛮砖、慢撒六茶山，而倚邦、蛮砖者味较胜。"

总督、巡抚无疑是拥有进贡普洱茶资格的云南主政官员，主办贡茶事项的是云南布政使，实际上采办贡茶的事宜应当是层层下压。道光三十年（1850）李熙龄纂《普洱府志》"物产"载："思茅厅每岁承办贡茶，例于藩库铜息项下，支银一千两转发采办，并置收茶锡瓶、缎匣、木箱等费。每年备贡者，五斤重团茶，三斤重团茶，一斤重团茶，四两重团茶，一两五钱重团茶，又瓶盛芽茶、蕊茶，匣盛茶膏，共八色。"思茅厅又将采办贡茶的事项交由下辖的倚邦土司、易武土司承办。道光《普洱府志》"土司"载："倚邦土把总在普洱府边外，系思茅厅东南，境内距城六站。管理攸乐、莽枝、革登、蛮砖、倚邦各茶山。每年定例承办贡茶。""易武土把总在普洱府边外，在思茅厅东南，境内距城八站。管理漫撒茶山。协同倚邦承办贡茶。"由此可知，普洱贡茶出自六大茶山。

名义上普洱贡茶是由官方出资白银一千两采办，实际上可能并非如此。雍正十二年（1734）云南布政使陈宏谋连发《禁压买官茶告谕》《再禁办茶官弊檄》两道政令，似乎都没能扭转伴随贡茶滋生的弊端。各级文武官员借机压买官茶、短价扰累夷方的情形层出不穷，以至于茶山成为苦海。此后，官员贩卖私茶之风大炽，接连两任云贵总督尹继善、张允随都高度重视。或许实在不堪其扰，乾隆十三年（1748），倚邦土千总曹当斋将张允随的政令勒石晓谕官民知悉。这块碑额题刻为"永远遵守"的石碑至今依然保存在倚邦。陈宏谋、尹继善、张允随都是正史中评价颇高的廉吏，其治下的茶山百姓尚且深陷苦海，由此可见贡茶给人民带来的深重灾难。

　　瑞贡天朝的普洱茶，到底是如何采制而成的？品质究竟如何呢？我们先来看一下文人的记述。检视张泓《滇南新语》所记：一是采摘时限以谷雨区分；二是采摘老嫩有别；三是夷女采制；四是分为散茶、团茶与茶膏；五是强调贡茶皆为普茶珍品。再来看一下史志的记载。道光《云南通志》载："茶产六山，于二月间采，蕊极细而白，谓之毛尖，以作贡，贡后方许民间贩卖。"看起来似乎坐实了贡茶作为普洱茶声誉与品质担当的地位，这很有可能是最理想的情形，实际上并非所有贡茶都是如此。雍正朝云南布政使陈宏谋所发《禁压买官茶告谕》曰："今岁贡茶，本司仰体两院宪恤民德意，将上年买存之茶，拣选供用外，仅需补买贡茶二百余斤，此外毋许多买。"明确记述了可以用隔年陈茶充贡。道光十八年（1838）所立易武断案碑中记述：胆大妄为的思茅厅同知指示易武土司以二水茶充抵头水茶上贡，事发后被责令改正。可见，尊贵如天子也会遭受蒙蔽，贡茶品质并非尽如人们所想的那般高贵。

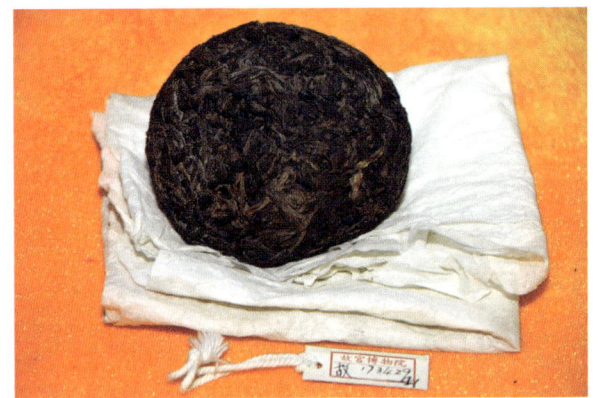

女儿茶（普洱市博物馆展品）

方茶（普洱市博物馆展品）

向质卿方茶（中国茶叶博物馆藏品）

  道光《普洱府志》中有思茅厅城图，其中有一处标明为"茶局"，具体到茶局的性质、职能等并不清楚，文献中尚没有发现相关的确切记述，其与贡茶的关系尚待考证。但是在如今的普洱市博物馆中，陈列展示有普洱贡茶，据说是在2010年7月，由故宫博物院调拨至普洱市博物馆，被视为普洱贡茶"省亲"。据知情人士介绍，这种情况在文物行业被称为"出展"，而且代价不菲，听说每年出展费用有600万元之巨，每年故宫博物院会派专员检查。究竟是何种情况，也许只有等到故宫博物院、普洱市博物馆负责人出面才能解释清楚。无论是瑞贡天朝，抑或是回乡省亲，有关普洱贡茶从来都不乏各种真真假假的传闻。

  能够近距离亲眼见到普洱贡茶，无论如何都是一件幸事。普洱市博物馆展示的贡茶都还带着故宫博物院的标签，表明了它的出处。体型较大的团茶配个底座，标明"百濮龙团"，对应的应该是五斤重的大普茶。体型较小的团茶，对应的应该是四两重的女儿茶。此外还有一筒笋壳包装的方茶，这是贡茶案册上所没有的普洱茶。顺着线索追寻，发现位于浙江杭州的中国茶叶博物馆藏有一片向质卿方茶，同样来自故宫博物院。据馆方介绍，这片普洱方茶：一面为阳文（文字凸出）"向质卿造"，长12.3cm，宽12.3cm，高3.5cm，重约250g。据此推测，普洱市博物馆典藏的那筒方茶是一整筒普洱方茶。远隔几千里的普洱市博物馆、中国茶叶博物馆典藏的入贡普洱方茶引人遐想。除了这些可以看到展出的普洱贡茶实物，还有故宫博物院研究员万秀锋等人编著的《清代贡茶研究》一书中的普洱茶膏、笋壳包装的整筒普洱茶饼图片，茶膏位列八色贡茶之一，而茶饼则不在其中。问题来了，方形的普洱方茶、圆形的茶饼是如何成为贡茶进入宫廷的？据万秀锋等人编著的书中所讲："现存的普洱茶最晚不过光绪年间，距今一百多年，至多不会超过一百五十年。"据《宫中杂件》记载，光绪三年（1877）四月尚且收到普洱八色贡茶。那么方茶、圆茶何时成为贡茶？方茶、圆茶与八色贡茶是替代关系还是并列关系？一个又一个谜团接连出现，引发人们的思考。

罗养儒著《纪我所知集》中《解茶贡》一文给出了解释："在光绪年间，贡茶是由宝森茶庄领款派人到普洱一带茶山上拣选采办，自是一些最好最嫩之茶。茶运到省，则由宝森茶庄聘请工匠，将茶复蒸，乘茶叶回软时，做成些大方砖茶、小方砖茶，俱印出团寿字花纹，是则不仅整齐，而且美观。此外，又做些极其圆整、极其光滑之大七子圆、小五子圆茶，一一包装整齐妥当，然后送交督抚衙门。此则照例派员查验点收，随即装箱，准备派人解贡。""除了上贡的普洱茶、茶膏外，解运进京的尚有分送内务府中官员及六部堂官者，此是定例，年年俱有此一次，然亦耗费不大，约为几千两银耳。"

《西双版纳文史资料选辑》第四辑收录了一个光绪二十九年（1903）二月十九日催交贡茶的札："札饬遵办事，照得本府于二月初二日案奉思茅府谢札问，除原文有案外，封宾采办先尽贡典，生熟蕊芽办有成数，方准客茶下山，历办在案。兹当春茶萌发之际，亟应乘时采办，切勿迟延，致干参究等。因奉此，惟今本府票差前往各寨坐催外，合行札知。为此，仰本山头目及管茶人等遵照，谕到即行饬令茶民乘时采摘。贡品芽茶及头水细嫩官茶速急收就，运倚交仓以凭转解思辕。事关贡典，责任匪轻，该目等务须认真札催申解，勿得延挨违误，倘误卯期不缴，定即严提比追不贷。凌之切切。特札。"

两相对照不难发现，一方面普洱贡茶仍然延续原有官办渠道层层下压顶办，另一方面则采用了官督民办的方式。故宫博物院馆藏的普洱茶似乎也印证了其来自两个渠道。伴随清王朝中央集权不断衰落，原有官办贡茶渠道不再通畅，官督民办贡茶成为可能。但是各级官员显然不愿意放弃采办贡茶带来的好处，就连解运京城的贡茶，分送京官的数量数倍于贡茶都不止。

围绕贡茶滋生的腐败链条，已经将地方官员、封疆大吏和皇帝近臣串联起来，这个时候再也没有清廉的官吏试图阻止腐败蔓延了。帝国大厦将倾，已经是彻底无可挽回的趋势。伴随帝国大厦倾覆，普洱贡茶终成一代之绝响。

普洱贡茶的传说，直到如今还在六大茶山流布。或许如今人们津津乐道的六大茶山年贡普洱茶 66666 斤其事，来自真实发生过的历史映射出来的印象。各级文武官吏假借采办贡茶事宜，层层加码盘剥，使贡茶成为压在六大茶山先民身上的沉重大山。而今这一切都已经随风而逝，只留下贡茶的故事口口相传。

历史篇

茶祖孔明的传说

普洱六山记

南阳武侯祠

八年前的春茶季，笔者到访普洱市，相约普洱茶文化学者杨中跃先生茶叙，获赠其著作《新普洱茶典》一册，书中提到两个普洱茶传说：其一是孔明兴茶说，其二是布朗族叭岩冷兴茶说。作为少数民族聚居地的云南，叭岩冷兴茶说并不令人意外，反而是孔明兴茶说有些出人意料。只是当时我们眼里心里就只有普洱茶，对于传说并不曾放在心上。就连开车穿越市区时路遇孔明兴茶的雕像，也只是用淡漠的眼光扫视了一下，并不曾停下匆匆的脚步。

访茶行程将要结束之际，我们辗转来到了基诺山乡。在一家茶厂，院落中同样伫立着一座孔明雕像，仍然不曾引起我们关注。围坐茶叙，身着基诺族民族服装的茶艺师边泡茶、边讲解，述说基诺族祖先来自孔明南征时丢落的一队士兵，所以自称为攸乐人，"攸乐"就是"丢落"的意思。茶祖孔明不但教会了攸乐人种茶，就连他们居住的房屋以及所戴帽子的样式都出自孔明点拨。这座山也因人得其名，称作攸乐山。比起故事，一行人对攸乐山古茶园更感兴趣，经不住我们再三恳请，茶厂老板安排给我们泡茶的两个基诺族茶艺师做向导，带领我们到亚诺村寻访古茶园。亲手触摸到了古茶树，寻到了心仪的攸乐山古树茶，一行人乘兴而来满意而返。至于茶祖孔明的事迹，或许距离当下的人们太过遥远，远不若这盏中攸乐山古树茶那般令人着迷。

年复一年，入六山寻茶的过程中，无数次到访景洪市基诺山乡攸乐山以及勐腊县象明乡莽枝、革登、倚邦与蛮砖诸茶山，总会在有意无意间听到孔明山、祭风台、祭锣洞与孔明植茶遗址等话题，而这一切似乎都与茶祖孔明有着千丝万缕的关系。不由让人疑窦丛生，到底这一切源自何时？又因何而来？仿佛一切都是未解的谜题。

今年春天，我们再度访茶六山，这一次我们选择了一条不同往常的路。从景洪市出发奔基诺山乡方向，行至半途岔路口折奔勐养，然后转道过扎吕村奔向牛滚塘。当越野车沿着新修的乡村道路缠山而上复又蜿蜒向下至山半腰，隔着小黑江仰望对面的孔明山，山势陡峭，直插云霄。下到谷底，经由老桥过江。听闻不久后附近小黑江上会新筑堤坝蓄水，这里将呈现出高峡出平湖的景象。老桥旁边，即将修建完工的一座新桥巍峨耸峙，已经为此做好了准备。

路过石良子，寨子里有基诺族人在此居住，这里已经是勐腊县象明乡安乐村辖区，属于莽枝山地界。路旁一个牌子引起了我们的注意，原来是孔明山景区开发公告，据说已经停工了很长时间了，看来想要在这里搞旅游开发并不是一件容易的事。

继续往前行走数公里，凭着往日记忆，我们左转奔向祭风台方向，沿着高山草甸中的车辙迂回攀上山顶。已经是傍晚时分，

祭风台茶祖孔明雕像

周围的游人三三两两。举目远望，茶祖孔明雕像沐浴在夕阳中。走近雕像正面香炉前，来自诸葛亮躬耕地南阳的李静、田丹，神情肃穆地拜了又拜。

雍正《云南通志》载："祭风台在城南六茶山之中，登其上可俯视诸山，相传武侯于此祭风，又呼为孔明山。"道光、光绪《普洱府志》中因袭了这样的说法，用词略有差异，说是孔明寄箭处或诸葛搭营处。

赶在天黑之前，我们回到了牛滚塘。山上新近建好了宾馆，朋友已经帮我们预留好了房间。留宿在茶山上，过往都是我们不敢有的奢望，曾经早出晚归赶路的日子，就此成为过往。赶上了傣族泼水节，牛滚塘街上饭店老板都歇业下山去过节了。牛滚塘茶叶初制所的丁俊大哥早有准备，提前叫人做好了晚饭招待我们。也不知怎的，这个东北大哥就落脚在了茶山上，在此安了家，以茶为生计。丁俊大哥热衷于茶山传统文化弘扬，没少听他数说茶山上的各种逸闻趣事，这些年祭拜茶祖孔明都是由他劳心费神一力操办。对于早些年易武公家大园所立六大茶山石碑，他颇有些不满："莽枝咋让他们整没了呢？"这也难怪他有意见，确实与史籍记载有不符之处。

雍正《云南通志》所记六茶山为攸乐、莽枝、革登、蛮砖、倚邦与慢撒，就连六茶山得名都与武侯相关。"六茶山遗器，俱在城南境，旧传武侯遍历六山，留铜锣于攸乐，置镴于莽芝，埋铁砖于蛮嵩，遗木梆于倚邦，埋马镫于革登，置撒袋于慢撒，因以名其山。又莽枝有茶王树，较五山茶树独大，相传为武侯遗种，至今夷民犹祀之。"道光、光绪《普洱府志》中的记载与此约略相似，不同之处在于将"慢撒"换作"易武"。

说起在茶祖孔明雕像前祭拜事宜，丁俊大哥说道：攸乐人早先不肯，说是要拜树，于是只好遂其意，将他们安排到了孔明植茶遗址祭拜。"拜树就拜树吧！"丁俊大哥话是这样说，语气里透露出来的是不解。

道光《云南通志》援引《思茅志稿》云："其治革登山有茶王树，较众茶树高大，土人当采茶时，先具酒醴礼祭于此。"史料记载的是夷民、土人祭祀茶王树，这或许合乎少数民族的传统风俗。

莽枝、革登山势连绵，而今都是勐腊县象明乡安乐村属地。前往革登山途中路过新发老寨，寨子入口处曾经竖立着一块玲珑有致的大石头，上面雕凿有"革登茶山"四字，近两年这块石头却突然不知去向。新发老寨里，茶农唐旺春守着自家的作坊过活。我们每每到新发老寨看罢古茶园回来，都会顺道去唐旺春家里坐坐。倚墙而立的一块石碑引起了我们的注意，这方镌刻有祭奠茶祖孔明文字的石碑，缘何会出现在这里？或许是看出了我们的疑惑，唐旺春笑着回答："我们茶山上的人识字不

革登山茶祖孔明植茶遗址

多,碑上的文字给刻错了,被我拉回来打算作茶台用。"这还真是物尽其用,想法倒也十分有趣。

打听清楚了孔明植茶遗址的详细位置,我们起身开车前往新酒房方向。果然见到路边竖了一块牌子,已经向一侧歪倒,上面写得清清楚楚:茶祖诸葛孔明公植茶遗址。大箭头指明方向。前行不多远,就是孔明植茶遗址。传说中当年茶祖孔明所植茶王树已经仙逝,遗址处树坑里面又长出来一棵茶树,据说是茶王树的后代,树前还端放了一个石质香炉。旁边立着两块石碑。一块上面刻着"茶祖诸葛孔明公植茶遗址",为2004年所立。另一块是祭茶祖孔明公文,雷继初、张顺高撰文,立碑的时间是2005年,落款为"纪念孔明兴茶1780周年大会"。以茶为业、依茶为生的人对茶自应心存感念,来自诸葛亮躬耕地南阳的李静、田丹再次躬身祭拜。

寻访茶祖孔明植茶遗址

远眺孔明山

从孔明植茶遗址往回走,举目远眺,孔明山映入眼帘。其形绝似基诺人所戴帽子、所住传统样式房屋造型。定睛细看,祭风台上的孔明雕像影影绰绰,让人不禁联想起雍正《云南通志》中另一则记载:"祭锣洞,在莽枝山半石洞中,有铜锣一,匡郭剥蚀,夷人每于春耕时取锣祭之,祭毕仍置故处,秋时再祭则年谷丰稔,或不诚即岁欠。相传武侯所遗,迄今奉为神物。"只是现在绝少有人提及这样一个传说了。

六大茶山、孔明山、祭风台、祭锣洞、孔明植茶遗址以及武侯士兵后裔攸乐人,这一切究竟只是传说,还是有着特别的隐喻?文献记载与实地考察,都未能给出明晰结论。或许,我们需要回顾六大茶山的历史背景,才能从中找寻到答案。

站在孔明山上向北望,那是普洱市的方向。曾经用石板铺就的茶马古道，将六大茶山与普洱城紧密相连。有清一代，六大茶山的命运与普洱府休戚与共。仿佛是命中注定的机缘，就连雍正年间改土归流设立普洱府，乃至于选择府治所在地，都与武侯有着密不可分的关系。

史籍记载，似乎改土归流设立普洱府早有预兆。雍正《云南通志》云："孔明塔有二。一在九龙江之西，南接莽于孟艮界，高十丈许，相传为孔明所建，有塔倒归流之谶。今皇上御极之六年，其塔欹向东北，识者谓东北为神京所在，归流当验。七年，逆夷平，果改设流官。一在九龙江之南六里许，高十丈余，相传亦武侯所建，旁有树一株，名万年青，玲珑环抱，最为奇异，塔后即武侯立营处。"

雍正七年，普洱府设立，包括六大茶山在内，澜沧江以东六版纳划归普洱府管辖。雍正十三年，旋又在普洱府治下改设思茅厅并置宁洱县，并将十三版纳分置于思茅厅管下者八，宁洱县管下者五。六大茶山归诸思茅厅治下。

传言武侯南征，咸取改流佐证。雍正《云南通志》云："诸葛营，在城东北斑鸠坡下，诸葛武侯擒孟获直抵莽缅，往来经过驻军于此，址尚存。"

托词武侯，弹压抚绥，目的明确。"龙虎地，在城北三里，迤逦南来，气象万千，其过峡处，斩如巉岩，相传武侯南征时凿其脉以制蛮夷。"

假名武侯结营，选址建筑府城。光绪《普洱府志》云："凤皇山，在城北里许，形势开张，如凤舒翼。相传武侯征南，结营于上。山麓建宁洱县城，乃正干之中支也。"

改土归流、设立普洱府、修建城垣，当所有这一切全都托词于武侯，就让人疑窦丛生，这一切与武侯相关的传说，未免与雍正时期改土归流的需求太过吻合，这究竟是一种巧合，还是有人蓄意为之？

我们重新回顾历史，爬梳文献。在雍正《云南通志》卷二十六"古迹"中找到了诸多条有关孔明南征时事迹与遗址的传说记载。寻甸州会盟处、和曲州诸葛城、赵州孔明印、邓川州诸葛寨、保山县诸葛营、腾越州诸葛城等。这类记载在普洱府条目下尤其多，略加探析不难发现，每一条记载似乎都有特定寓意与指向，答案似乎已经不言自明。

雍正朝改土归流后，从乾隆、嘉庆至道光年间，百余年过后，据道光《普洱府志》记载：孔明古城已经成为思茅八景之一，文人雅士们诗以咏记。题为"孔明古城"的诗有两首，一首为陆葆所作："当年丞相赋南征，知否旌旗此处行。胜有旧城连古道，至今遗爱说先生。"另一首为车焜所作："云间雉堞远论兵，威动南荒震赫声。铜鼓遗徽今宛在，不须空忆锦官城。"此外，还有乐韶所作五言绝句《诸葛故垒》："伏波留全柱，丞相有遗营。夜半惊风雨，犹疑万马声。"反复诵读，从中可以品出别样的意味。

雍正七年，改土归流后，云南巡抚张允随提请将普洱府治所在地旧有土城改建成砖城，修筑思茅土城。普洱府城、思茅厅城屡经毁建，现已无存。如今的普洱市十分宜居，堪为"妙曼普洱，养生天堂"！多年往来云南寻源问茶，普洱市博物馆是必去的所在。展馆中有一张普洱府城图，与道光《普洱府志》中普洱府城图殊无二致。可以清晰地看到普洱府城布局，内有各级文武官署、省外省内会馆以及祀祠。当下之人于祭祀颇为淡漠，而对于古人来讲则至为重要。封建王朝时代的祭祀分为官方祀典与民间群祀（俗祀）。雍正《云南通志》卷之十五"祠祀"："圣王制祭祀，考诸祭法，可见云雷风云是为天神，山川社稷是为地祇，御灾捍患有功德于民者是为人鬼，非此族也不在祀典。"祀典中就有武侯祠，几乎遍及云南各府。道光普洱府城图中看不到武侯祠，但据道光《普洱府志》记载："武侯祠在府城内大街。思茅厅武侯祠在厅城南门外二里诸葛营，同知黑光建。"往后光绪《普洱府志》记载："俗祀中亦有武侯祠，在城内大街。"

雍正《云南通志》三十卷，自雍正七年（1729）鄂尔泰总督云南奉命纂辑，历时多年，于乾隆元年（1736）成书，职名题写鄂尔泰、高其倬、尹继善、张允随四任总督为总裁，靖道谟为总纂。史籍中记载不一定都是真实发生的历史，而有可能是各种各样诸如武侯遗迹的传说。就连编纂史书者都有意识加以注明"相传"，大有"姑妄言之姑妄听之"的意味。而作为官方典祀或者民间俗祀，武侯祭祀与崇拜深入人心。即便是相隔数个世纪，无论是在成都，还是在南阳，各地武侯祠的存在本身就是祭祀武侯的真实佐证。犹记得七年前赴孔明躬耕地南阳拜谒武侯，世事浮沉，往事如烟，而今武侯祠仍是游人如织，却不见香烟袅袅。

真实的历史面貌，又有多少人愿意相信？《三国志·后主传》载："三年春三月，丞相亮南征四郡，四郡皆平。"四郡指越嶲、益州、牂牁、永昌。"十二月，亮还成都。"何耀华主编的《云南通史》第四卷中有评论曰："诸葛亮'七纵七擒'孟获之说未必是史实，但诸葛亮对他采取'攻心为上,攻城为下;心战为上,兵战为下'的策略,是可信的。"

雍正朝,厉行改土归流的鄂尔泰等人,选择了武侯诸葛亮作为时代符号,又与六大茶山联系在一起,经由传说流布、风俗相沿、祀祠推崇与时代变迁,逐步演化为后世"孔明兴茶"之说。与其说是时代成就了孔明,不如说这是历史的选择。

道光《普洱府志》"四时风俗"中有这样的记述:"六月二十四日星回节,燃炬于街衢。二十五日祭田祖,以火炬照田占岁,俗名叫谷魂。云孔明以是日擒孟获,侵夜入城,父老设燎以迎,后遂相沿成俗。"不知为何,每每读到这样的词句,脑海中都会回响起景迈山布朗族祭奠茶祖叭岩冷时呼唤茶魂的景象。

丁俊宣读拜祭茶祖孔明祭词

转瞬间,思绪仿佛回到了孔明山,六大茶山各族人民云集于祭风台上,欢歌拊鼓庆祝茶祖孔明雕像揭幕仪式。来自东北的丁俊,铿锵有力地宣读拜祭茶祖孔明祭词。镜头中的他,身形伟岸,神情虔诚。民间祭祀茶祖孔明习俗的再度兴起,是否意味着传统文化的又一次勃兴呢?只有留待时间做出最终的裁定。

历史篇

倚邦土司曹当斋的故事

普洱六山记

倚邦老街新貌

一部六大茶山的历史，半部普洱茶的历史。有清一代，倚邦茶山曾经长期占据着六大茶山政治、经济和文化的中心地位。伴随着近年来普洱茶市况热络，每到茶季，前来倚邦寻源问茶的人们络绎不绝。人们一边品味着倚邦古树普洱茶，一边感怀普洱茶沉浮的历史。

两年前的秋茶季节，我们再次如约而至，到访倚邦茶山。每次到访倚邦，都习惯性地到倚邦老街上走一走。最近几年，亲眼见证了倚邦老街从寥落荒芜步入日渐繁华。街容街貌日新月异，只有脚下的石板道是老的。常有人感叹惋惜：老街的旧有风貌不再，古韵荡然无存。或许换一种角度，会有不同看法。经历了数百年的战乱、灾荒、瘟疫等天灾人祸的一次又一次荡涤，地面上的建筑早都毁建了无数次，现在大家见到的不过是又一轮重建而已，只是这些拔地而起的建筑，不符合外来之人的想象和预期罢了。

倚邦老街一隅

因茶而富，再次过上了好生活的当地人，显然并不这么想。在街道上欢快奔跑追逐嬉戏的儿童，悠闲散坐在自家门口休憩的老人，他们脸上眼角眉梢间，流露出来的是快乐与祥和。这样的日子，才是世代居住在茶山上的人们盼望过上的好生活。

在倚邦老街入口处，正对着老街有一栋两层办公楼，属于倚邦村委会办公驻地。在这里，我们巧遇一位年轻的女大学生驻村干部，邀请我们一行到二楼展览室参观。显然，展览室还在筹备阶段，显得有些空空荡荡。背墙而立的一尊塑像引起了我们的注意，走近后仔细端详，发现这是天津美术学院刘军为曹当斋所作塑像。塑像装容是清朝官

曹当斋塑像

员打扮，其面容矍铄，双目炯炯有神，凝视着前方。

面对着曹当斋塑像，不由让人陷入了沉思。虽然也在一些书籍资料上看到过关于曹当斋的文字，但是大都语焉不详，而且彼此之间多有矛盾之处。作为曾经主政倚邦等茶山的土司曹当斋，有关他的身世经历，仍然笼罩着许多谜团，等待着有缘人来解读。

穿越时光，放眼曹当斋生前经历的康雍乾时期，那是封建王朝中被人普遍认同的盛世。在盛世光芒的笼罩之下，仍然难掩芸芸众生的苦难，以及围绕普洱茶上演的一幕幕悲欢离合的真实历史话剧。

大一统的清王朝，经历了顺治朝清剿南明政权的残余势力，康熙朝平定三番叛乱之后，将注意力放在了解决对中央集权构成威胁的地方土司政权上。雍正年间，历经高其倬、鄂尔泰、尹继善、张允随等多任主政云贵总督的不懈努力，改土归流基本上得以贯彻实施。其间，围绕盘踞在滇南地区车里军民宣慰司的改土归流，经历了无数次残酷的拉锯战，清朝中央政府与车里地方土司政权之间达成了妥协。正是在这样的历史进程中，我们所要讲的故事主角曹当斋逐步崭露头角，成了主政倚邦等茶山的土司，一生的命运都与茶山以及普洱茶紧密地联结在一起。

雍正七年（1729），云贵总督鄂尔泰以澜沧江为界，划车里军民宣慰司治下澜沧江以东"思茅、普藤、整董、蒙乌、六大茶山及橄榄坝六版纳归流管辖"。新设普洱府，于攸乐设同知，思茅设通判管辖。其余江外六版纳仍隶车里宣慰司经管。

鄂尔泰奏请设元普沅威镇总兵官，以期对"狡诈犷悍反复靡常"的"摆夷窝泥"设兵弹压强化军事管制。具体到茶山，右营游击一员，带千总一员，把总二员，马步兵丁五百名，驻攸乐与同知同城。其中设千总一员，带兵一百名驻扎倚邦，内拨兵丁二十名护守磨者盐井。鄂尔泰在普洱府的改土归流推行得并不顺利，屡屡引发刀兵，造成生灵涂炭，百姓流离失所。

茶政方面，鄂尔泰认为贩茶奸商重债剥民，各山垄断，为杜衅端，不许客人上山，在思茅设立总茶店，客商买卖交易，每驮纳税银三钱，试行一年。

雍正十一年（1733），新任云贵总督尹继善奏请善后事宜。将"孤悬瘴地"的攸乐同知、官兵移驻思茅，在宁洱设县分担职责，"平日徒作践夷人，遇事则先遭残害"的倚邦等小汛官兵一并撤归大营。留下的权利空当交由土目管理，除旧有土弁的易武伍乍虎等无需另议外，"其茶山倚邦一带均系窝泥，查有倚邦土弁曹当斋为人诚实，随师剿贼，勤劳素著，应将倚邦茶山责令管辖"。"再攸乐营汛既撤，其三十六寨需人管约，据宣慰司刀绍文各土弁公保叭竜抚管理窝泥寨，喇鲊俪分管蒲蛮寨。"

尹继善的善后政策，是以"流官管土目，土目管土人"，对江内、江外各版纳大小土司善加笼络利用，以达到"各有责成，各有约束，则事不烦，民不扰"的治理效果。

茶政方面，尹继善对文武官员兵役入山扰累之弊严定处分，以期"穷黎得以安生矣"。

生逢康雍乾盛世，身处时代激荡潮流中的曹当斋，面对如此纷繁复杂的局面，他的表现如何呢？

去年和今年春天，我们两度到访位于西双版纳傣族自治州首府景洪市的西双版纳民族博物馆。前来参观者寥寥无几，我们一行却兴致勃勃。在一楼展厅中悬挂的一幅重新装裱过的诏书，吸引了我们的目光，其内容恰好与曹当斋有关：

奉天承运，皇帝制曰：国威覃布，尚勤鼚鼓之思，武备勤修，

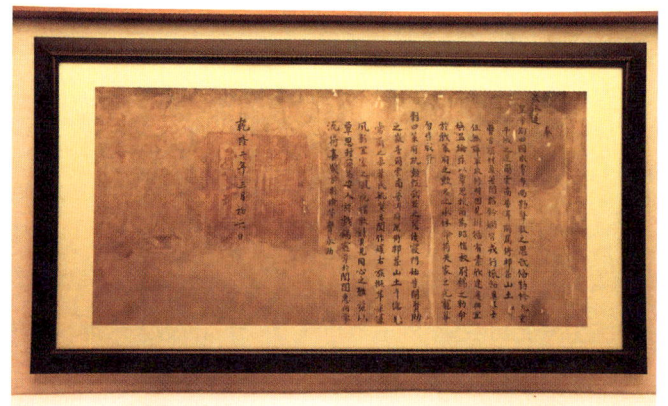

乾隆皇帝敕封曹当斋夫妇的圣旨（西双版纳民族博物馆展品）

允重干城之选。尔云南普洱府属倚邦茶山土千总曹当斋，材勇著闻，韬钤娴习，戎行振饬，具知士伍无讳，军政修明，因见拊循有素，欣逢庆典，宜焕温纶。兹以覃恩，授尔为昭信校尉，锡之敕命，於戏，策府之勋名，之承休命，荷天家之光宠，幕勿替成劳。

对曰：策府疏勋，甄武臣之茂绩，寝门始业，阐贤助之徽音。尔云南普洱府属倚邦茶山土千总曹当斋之妻叶氏，毓质名闺，作嫔右族，撷苹采藻，凤彰宜室之风，说礼敦诗，具见同心之雅。兹以覃恩，封尔为安人。於戏，锡宠彰于闺闱，惠问常流，荷嘉奖于丝纶，芳声永劭。

敕命

乾隆二年三月初六日

诏书内容符合清王朝惯有的规制，用语皆是辞藻华丽的句式。但还是透露出重要的信息，至少在乾隆二年（1737）之前，曹当斋已经被任命为倚邦茶山土千总。土官的品级与流官相同，土千总是正六品，曹当斋获授昭信校尉亦为正六品爵位。正六品官爵的曹当斋妻叶氏获封安人。

博物馆里展出的还有清代倚邦土司印，隔着展览橱窗的玻璃，我们长久地凝视着象征倚邦土司权柄的印章，猜想执掌倚邦土司权力的曹当斋，会是一个什么样的形象。

我们重新将目光聚焦在茶山。200多年过去了，散落在六大茶山各处，劫后遗存的珍贵碑刻给出了一些佐证。

蛮砖茶山曼庄丰绍康家有一方碑刻，落款时间为乾隆六年（1741）春正月，为蛮砖会馆所立功德碑。碑刻捐资人中，排第一位的就是"管理茶山军工土部千总曹当斋奉银四两"。据碑文所记内容，可以看出外来的石屏等地汉族商人，已经再度立足茶山，并得到了茶山土千总曹当斋的首肯和捐助。

现存倚邦老街徐辉棋家的另一方碑刻，落款为"乾隆拾叁年正月遵刻，管理茶山土千总曹当斋统四山头目敬立晓谕"。碑刻的内容来自时任云贵总督张允随的政令，严禁各级文武官员、兵役、废弁入山扰累，禁止商人盘剥夷民，使以茶为业的夷民得以生息。

我们进一步爬梳各种文献资料，试图从中找寻出更多信息。

道光《普洱府志》"土司"卷中的记载如下：

倚邦土把总，属车里。《通典》：云南土把总五十五人，曰倚邦一人。倚邦土把总在普洱府边外，系思茅厅东南，境内距城六站，管理各茶山。一攸乐，茶山在府南七百零五里，内分架布、嶍崆两山。一莽芝，茶山在府南四百八十里。一革登，茶山在府南四百八十五里。一蛮砖，茶山在府南三百六十里。一倚邦，茶山在府南三百四十里。每年定例承办贡茶。其地东至补远江六十里勐旺界，南至磨者河八十里易武界，西至慢打河一百二十里茨通界，北至猓梭江七十里普藤界。每年冬防，派拨土练二百名巡堵要隘。年例上纳条丁银一百四十一两二钱七分六厘五毫，火耗银二十八两二钱五分五厘三毫。折征秋粮米一百八十五石七斗一升八盒，在思茅厅完纳。其承袭自雍正年间，普思逆夷滋事，曹当斋率练追剿杀贼有功，给土千总职，乾隆三十二年，军功升守备衔。

与之相似的记载，还出现在易武土把总条目下，管理漫撒茶山，协同倚邦承办贡茶。其承袭自雍正年间，伍乍虎带练杀贼有功，给土把总职。其余巡防、纳税职责皆相似。

乾隆三十八年（1773）三月，曹当斋走完了他的一生。逝后被安葬在距倚邦老街约6公里处，当地的老百姓俗称其为"官坟梁子"。

回顾曹当斋的一生，他的命运伴随时代跌宕起伏。雍乾交替之际，时任云贵总督尹继善进行改土归流后的善后抚绥。作为曾经车里军民宣慰司旧属，土弁曹当斋、伍乍虎等人被再度付以重任。曹当斋从倚邦土弁擢升为倚邦土千总，并在乾隆二年被授予昭信校尉，其妻叶氏也一同册封为安人，可谓是举家荣宠。倚邦老街，曾经有曹当斋的土千总署，署名随官职而动，老百姓称其为土司衙门。伴随茶政的改变，石屏等地外来的汉人茶商再度涌入茶山。他们筹资在蛮砖茶山曼庄建造蛮砖会馆，茶山也因茶再度兴旺起来。

因茶而兴，也因茶而累。来自云南各级流官政权的文武官员，甚至是基层兵役等不断入山扰累。而入山经商的外来汉人商贾，也有放贷剥民等行为。乾隆十三年（1748），茶山土千总曹当斋统四山头目，将云贵总督张允随的茶政条目勒石晓谕。曾经属于思茅通判承办的贡茶事宜，也有可能在这个时期落在了曹当斋职系之内。

土司曹当斋例行的职责包括：服从朝廷政令，管理本地人民和疆土，缴纳贡赋，呈进方物，征调兵役劳役等。兵部对于土司是否忠于朝廷和忠于职守，经常进行考核。从曹当斋所受官爵来看，应当是表现比较出色。曹当斋终身任职土司，后代也得以世袭。曹氏家族世代承继的土司政权在茶山

乾隆皇帝敕封曹当斋夫妇昭信校尉安人碑

存续了200余年。

　　前年春茶季到访倚邦，在老友涂俊虹先生的陪同下曾经探访过曹当斋的终老之地。秋季再度访茶倚邦，守兴昌号掌门人陈晓雷带着一众热爱普洱茶的人等一同前往拜谒。离开主路，通往曼桂山方向的都是土路，刚刚下过雨，脚下泥泞湿滑。数百米后，再次右转沿着一道山梁往前走，行不多远，脚下的路消失了。人们从丛生杂草中穿过，前方出现了一座亭子，亭子顶部覆瓦，四根柱子和护栏都刷成了金灿灿的颜色。亭子中间矗立着一座石碑，碑额雕龙盘踞，刻有一方大印。这就是乾隆二年敕封曹当斋及其夫人叶氏的石碑。碑上镌刻的内容与西双版纳民族博物馆展览的乾隆圣旨内容相同。按照清朝的规制，石碑应当被命名为"敕封昭信校尉安人碑"。

敕封昭信校尉安人碑亭旁边就是曹当斋及其家族的墓地。据道光《普洱府志》的记载："乾隆三十二年（1767），曹当斋军功升土守备衔。"但这一次，曹当斋没有等来与五品土守备相应的爵位授予，就在六年之后过世了。其一生充满了荣耀与传奇色彩，都留待后人评说。

以茶为业，依茶为生的人，感念先人留下的恩德。守兴昌号掌门人陈晓雷先生带着鲜花水果在碑亭前虔诚拜谒。曾经农工立业、商贾络绎的六大茶山，再度因茶而兴，重新在这块土地上书写当代人们的故事。

多年以前，笔者到访倚邦茶山，向导曹大哥就是曹氏一族的后人。因为早些年从倚邦茶山举家搬迁到了象明街上，家里的古茶园也换了主人。孰料想，普洱茶再度火热，带动了倚邦古树茶市价一路上涨。面对友人的打趣，曹大哥大手一挥说："过去，这茶山还都是我们曹家的呢！"是啊！这茶山上的人来了又走，终归都不过是匆匆过客罢了！

历史篇

倚邦恤夷碑背后的故事

普洱六山记

倚邦恤夷碑

入云南茶山访茶普洱，最引人入胜的当属六大茶山，尤以倚邦茶山最令人为之着迷。盖因倚邦不独有令人心醉神迷的古树普洱茶，还有众多普洱茶人文胜迹，供人缅怀曾经属于普洱茶的光辉岁月。

以往访茶倚邦，总是来去匆匆，最主要的原因是山上没有住宿的旅馆。于是只好住在象明街上的客栈，每次都是晨去夕归，许多时间都耗费在路途奔波上。

2017年秋茶季，访茶六大茶山途中，收到老友涂俊虹先生邀约，我们终于可以留宿在倚邦山上，入住距离倚邦老街不远的宏庐。晚上，伴着明月清风，相约涂俊虹先生茶叙，喝着上好的倚邦古树茶，涂先生为我们数说起倚邦茶山的各种逸闻趣事。茶叙期间，涂先生提到自己的一位倚邦当地朋友，家藏有记载茶事的石碑，这引起了我们的兴趣，于是相约第二天共同前去探访。

涂先生的友人名叫徐辉棋，家住倚邦老街的入口处，新近几年建造了新居，据说房子的位置就是以往倚邦土司衙门遗址。徐辉棋担任了十多年倚邦村干部，热爱传统文化，我们赴约的时候，他正在家里挥毫泼墨练习书法。一个人心里一旦点燃文化的火种，就会迸发出惊人的热情与能量。颇具先见之明的徐辉棋，历经多年搜寻，将周边散落无人照看的碑刻等老物件着意保护起来，可谓是功德无量。徐家的房子临街是门面，碑刻等老物件就存放在房后的小院中。其中一块碑刻，就是我们所要讲述故事的主角。我们用随身携带的单反相机，将碑刻内容拍摄下来，并对照碑刻文字内容，悉心加以比对，确认凡是能够辨识的文字，都能在照片上逐一还原出来，才放下心来。

自从首次见到碑刻真容之后，转眼间四年过去了。其间，春秋茶季，我们曾多次到访倚邦。每次都轻车熟路地顺道去探看，看的次数多了，徐辉棋也见怪不怪了。得闲的时候，还曾一起茶叙闲话碑刻的来历。虽然也有些书籍上提及这块碑刻的内容，但总是让人觉得，这块碑刻的背后，一定还潜藏着一些谜团，等待有缘人的解读。

关于这块碑刻，不同的人有不同的称谓、不同的看法，但似乎都没能精确而又全面地对其加以概括。于是，我们回归到碑刻所记载的内容本身，通过反复通读碑文，可以确知这是一篇有关"茶政"的文告，碑刻抬头直抒胸臆——"永远遵守"，文告围绕的重心是"恤夷"，所以笔者暂将其命名为"恤夷碑"。

恤夷碑刻的内容并非孤立独存的，循着碑刻记载提供的指引，我们在《云南通志》《普洱府志》中找到了碑刻所记"茶政"的缘起。雍正十二年（1734）五月，值逢新任云贵总督尹继善到任。尹继善面临的是自雍正七年（1729）鄂尔泰厉行改土归流之后遗留下来的一系列现实问题。为了统筹兼顾，尹继善提出了一揽子解决方案，以《筹酌普思元新善后事宜疏》上奏雍正皇帝寻求支持。从尹继善的上疏中可以看到，他在京时就按照雍正皇帝的圣谕与大学士鄂尔泰悉心商酌，在会同云南巡抚张允随、云南提督蔡成贵集体商议后才行奏报。于公于私，尹继善都有责任做好善后工作。这既是他作为封疆大吏的职责所系，也难免掺杂情感的因素。值得一提的是：尹继善的继室为鄂尔泰之从女，尹夫人知书识礼，擅长吟咏，与尹继善感情深挚。

尹继善奏疏中有部分内容与《恤夷碑》中所记内容相关，现将其摘录如下：

官员贩卖私茶，兵役入山扰累之弊，宜严定处分也。思茅茶山，地方瘠薄，不产米谷，夷人穷苦，惟藉茶叶养生。无如文武各员，每岁二三月间，即差兵役入山采取，任意作践，短价强买，四处贩卖，滥派人夫，沿途运送。是小民养命之源，竟成官员兵役射利之薮，夷民甚为受累。前经升任督臣鄂尔泰题明禁止，兵役不许入山。臣等又将官贩私茶严行查禁，但不严定处分，弊累不能永除。请嗣后责成思茅文武，互相稽查，如有官员贩茶图利，以及兵役入山滋扰者，许彼此据实禀告。如有徇隐，一经查出，除本员及兵役严参治罪外，并将徇隐之同城文武及失察之总兵、知府，照苗疆文武互相稽查例分别议处，庶官员兵役不敢夺夷人之利，而穷黎得以安生矣。

这段文字可视同尹继善为普思茶政所定纲领。在得到雍正皇帝肯定后，作为时任云南布政使的陈宏谋，于公是云贵总督尹继善的辅佐官员，于私向与尹继善交好，即在雍正十二年（1734）厉行实施。陈宏谋文集《培远堂偶存稿》将其文记述了下来。总共有两篇，其中一篇是陈宏谋作为布政使发布的《禁压买官茶告谕》：

每年应办贡茶，系动工件银两，发交思茅通判承领办送。原令照时价公平采买，上年署通判刘永浚不遵功令，多买短价，扰累夷方，奉两院宪，特疏题参在案。今岁贡茶，本司仰体两院宪恤民德意，将上年买存之茶，拣选供用外，仅需补买贡茶二百余斤，此外毋许多买。诚恐承办官役仍指称官茶名色，短价多买，扰累夷方，合行示谕茶山地方汉夷官民人等知悉：今岁采办官茶，止须遵照不敷之数，按照时价，公平采买。如有不法官役，借名多买，短价压送，扰累夷民，或经访查，或被告发，官则立即详参，役则立毙杖下。各宜凛遵毋违。

另一篇是陈宏谋所发《再禁办茶官弊檄》：

今岁应办官茶，尽将存司者拣用。其应增办者为数无几，业已开单饬知。向例有分送司、道、文武各衙门者，并巡捕家人之茶，其数不啻倍于贡茶，皆籍官茶名色，短价压买，买后派夫运送。该管官，或迫于势力，或瞻顾情面，竟是遍山皆系官茶。附近茶山苗倮，竟成当官苦差，只图免差拖累为幸，不暇稍资茶利。茶山苗倮之累日深，产茶亦见短少。至于办茶之地方官，除应接不暇，任劳招怨外，又有承办箱匣锡瓶等项。此中垫赔苦累，势必仍出于茶，若不早为饬禁，茶山永成苦海。仰即通行文武衙门各官，需用普茶，果肯平价足银，附近茶山，皆有聚集之处，尽可买用，何必定向该管地方抽丰白取？甚至本系商贾买茶，亦皆冒指官茶。满山之茶，皆官茶矣。嗣后，无论文武各官，所需之茶，皆于山外聚处平价平买。务给现银，不得以损坏之物，抵为茶价。总需苗倮情愿，不得一毫强压。该管地方官，多张晓谕，并谕叭目人等，另翻夷字告示，务使苗倮皆知，共遵法守。该管官尤宜稽查衙役，约束家人，不许亲友倚势强买。其应办贡茶之箱瓶等物，均于省城委办。每年需用贡茶，早有定数，其价皆动支公件，并非白取强派。所送院、司衙门样茶，亦已减之又减，所办官茶，比上届已少大半。院、司、道各衙门，如需送人之茶，亦令平价买用。务期身先作则，以杜相沿之派累，永杜茶山之陋弊。倘有违者，惟有查参，决不稍为含容，亦难再为含容也。普思诸山，当兵燹之后，地方疲敝，苗倮得以归业，惊鸿甫集，十室九空，深山穷谷，别无出息。所产茶树，实苗倮养命之源，身任地方，急宜视此为一方生计所资，加意扶绥，设法保护。岂容因公派累，假公济私，以养民之本计，作应酬之私情？该地武官，亦宜一体遵奉，卫护地方。此实茶山一带民命衣食所关，地方所系。本司仰体宪意，不得不谆切相告也。

陈宏谋在雍正十二年（1734）接连发布《禁压买官茶告谕》《再禁办茶官弊檄》，于公于私都算得上是办事积极主动，客观上也为普思茶山夷民提供政令支持，可谓是一举多得。

回归到我们本文讲述的碑刻本身上来，这块碑刻是在乾隆十二年（1747），由时任云贵总督张允随所示政令。经历200多年风雨侵蚀，石碑上大多数文字仍然可以辨识，也有少部分漫漶不清了。碑刻文字内容如下：

太子少保总督云贵等处地方军务兼理粮饷兵部右侍郎兼都察院右副都御使加三级纪录四次又军功纪录二次张

为严禁官弁贩卖私茶，兵役入山扰累，并奸商滚放盘剥，以恤穷夷事。照得普思茶山，地土瘠薄，不产米谷，夷人穷苦，唯藉种茶为业，得价养生。凡贩茶客商，自应公平交易。乃有奸商人等，网利垄断，每欺夷民愚蠢，乘急放借，多方滚算。迨至收茶，百计取盈，不顾茶户亏本。更有不肖文武员弁，倚藉官势，每于二三月间，即差兵役入山采取，任意作践，短价强买，每担仅发银二三两，经手兵役又层层剥削，甚至滥派人夫，沿途运送。是穷夷养命之源，竟成官弁、兵役、奸商射利之薮，深可痛恨。前任尹督部院题明，经部议覆，嗣后茶山责成思茅文武互相稽查，如有官弁贩茶图利，以及兵役入山滋扰者，许彼此据实禀报，倘有徇隐，除本员及兵役严参治罪外，并将徇隐之同城文武及失察之总兵、知府分别议处。奉旨依议，钦遵通行在案。历年以来，又经本部院屡檄严饬，该管文武，私贩压买之风虽稍□□，而奸商滚放盘剥之弊仍未尽除。致有奸夷克子潜传木刻，冀图恐吓。经思茅同知获报，除行云南□□司将妄传木刻之夷□党予严审究惩外，合亟勒石永禁。为此示仰普思茶山官弁、汉土商夷人等知悉：嗣后购买普茶，务照时价现银交易，不许放借，短扣滚算。至现任文武职官并废员草弁，如敢贱价压买，以及兵役入山扰累，一经访闻，或被告发，即将该员升参革究拟，兵役立拿细责。倘奸商等仍敢滚放盘剥，刻即严拿治罪。至各□□□□剥削之辈，俱宜安分守法，如敢借端拖欠，妄行滋事，定行重处不贷。各宜凛遵毋违。特示。

  乾隆拾贰年柒月贰拾肆日示
  乾隆拾叁年正月贰拾陆日遵刻
 管理茶山土千总曹当斋统四山头目敬立晓谕

  将石碑所刻文字内容与尹继善《筹酌普思元新善后事宜疏》中茶政条文，还有陈宏谋《禁压买官茶告谕》《再禁办茶官弊檄》相对照，便不难发现，它们有先后承继的关系。这也不难理解，在尹继善任云贵总督期间，张允随任云南巡抚，陈宏谋任布政使，他们必定在茶政方面达成了共识才发布政令。

  到了乾隆十二年（1747），十数年的时间过去了，此时张允随已经成为云贵总督。时过境迁，当年制定的政令，有些仍然是困扰茶山的痼疾，诸如官弁压买官茶，兵役入山扰累等。亦有奸商盘剥夷民等，更是成为弊病难祛。

  云贵总督张允随发布茶政条文的核心是"恤夷"，不可谓主观的愿望不好。管理茶山土千总曹当斋统四山头目敬立晓谕，希冀遵照执行，其情殷之切切。

有清一代，康雍乾时期被视为盛世。雍正、乾隆两朝，尹继善、张允随、陈宏谋都是颇有政声的清官、廉吏，正史中评价颇高。即便在他们治下，茶山仍不免沦为苦海，夷民生计堪忧，堪称盛世下的蝼蚁。字里行间都不免流露出苦难的底色，令人心生恻隐。

人们难免会怀旧，甚至难免会有各种不切实际的美好想象，很多时候，这种想象都经不起现实考验。就像这块石碑的抬头，镌刻着四个大字：永远遵守。细细思虑，令人不忍卒读，这终究不过是一种美好的期望罢了。

回归到现实中来，每年最惦念的就是住在倚邦茶山上那些日子，探访古茶园，品味古树茶，行走老街石板道，触手可及的都是过往岁月的印迹。最喜欢的是晨起看云海，耳畔仿佛有人在喃喃诉说：你看那天上的白云，聚了又散，散了又聚，人生离合，亦复如斯。

历史篇

普洱六山记

倚邦保全碑背后的故事

倚邦保全碑

今年春天的茶山，比起往年寥落得多。外来客商少了，自然而然会影响春茶销售。另一方面，更让人心忧的是干旱比起去年更为酷烈，春茶减产已是定局。问及一位相熟多年的茶农："今年茶发得怎么样？"他伸出一个手指。又问："一百公斤干茶？"他无奈地回答："只有一棵大树发了，采了五公斤鲜叶，就炒了一锅。"大家彼此知根知底，禁得起开玩笑："这下不笑了吗？"他咧咧嘴说："笑着流下了眼泪。"他这属于比较极端的情况，每家茶园分布不一，山坡上茶园水土不易保持，靠近沟箐的茶园水土涵养会好一些。树大根深的古茶树，新梢萌发情况要好过近年新栽的小树。看着烈日下蔫儿吧唧的古茶树，让人不免悯惜靠天吃饭的茶农生活不易，也难免感慨自然法则下人类的渺小。

傍晚时分，来到倚邦老街，老友徐辉棋家门敞开，院里空无一人。同往年一样，我蹲在他自发保管多年的三块清代碑刻前，再次陷入了深思。有时会觉得特别奇妙，就像碑刻中的记载，如同历史照进现实。

眼前的碑刻，在多部书籍文献上都有记载，只是称呼都不尽相同。近年来，无数次逐字逐句地辨识碑文，反复通读。碑文抬头为"永远遵守"，核心内容在于"按茶抽收以保贡典而全民命事"。为了行文方便起见，我们尝试将其概括命名为"保全碑"。这纯属个人见解，无碍他人命名。

本文讲述的碑刻，落款时间为"道光二十八年（1848）"，内容来自时任普洱府属思茅厅同知吴开阳所下行政命令。由时任倚邦土司曹瞻云遵刻勒石，立于倚邦土司衙门，晓谕地方官民共同遵照执行。碑刻中的文字内容如下：

准升普洱府分防思茅抚彝府加五级纪录十次吴

赏示永远遵行按茶抽收以保贡典而全民命事

本年三月初九日，据倚邦禀称：窃查，厅属倚邦采办茶民，屡遭回禄，前经具禀在案。继因瘟疫甚行，采丁三殁其二。是以二十五、六两年，土弁应征贡茶、钱粮无力早完，虽蒙前府宽办缓征，而土弁误公之罪难免。午夜深思，以前如此难办，后何完纳？至正月内传集通山目民会议，别无筹画，概言，唯有按茶抽收银两，添办贡茶。钱粮按茶抽收，其银原出目民等有茶园之人，于客商原无关涉，客商买茶，各将所抽之银，扣在买价之内。土弁与通山目民会议如此办理等情，禀请出示前来。查该弁妥议办理，且仿照易武抽收之式，如果商民两便，准即永远遵行。除禀批示外，合行出示晓谕。为此，示仰该土弁目民人等遵照，自示之后，尔等办理抽收银数，比照易武纳倚邦四分之一，每担抽银三钱，则倚邦纳易武一分之四，每担准应抽一两以资办茶公用。在山收银，在思收飞，该土弁按照每担抽银公费，勿得外加苛索等弊。倘有售卖人等并无刻苦，致借词佔抗，准其禀解赴辖究治。如该弁格外苛抽，亦准禀呈查办，各宜凛遵勿违。特示。

道光二十八年四月二十二日遵刻泐石

通览碑文可知：这实际上是关于茶山税收方式改革的政府公文。事情的起因主要有两个：其一是倚邦屡次遭受火灾，其二是瘟疫流行导致人丁损失。由此导致的结果就是应征的贡茶、钱粮无法完成。倚邦地方土司官曹瞻云上禀主管思茅厅同知吴开阳，陈述事情原委。思茅厅同知吴开阳在正月召开倚邦通山头目会议商讨应对策略，结论是改变以往按丁（人口）、亩数（田）征收银两、粮食的方式。因地制宜，在衣食仰给茶山的倚邦，从茶叶交易环节按担查收税赋，实际上是仿照早有先例的易武进行税费改革。区别在于税收的轻重，易武每担茶纳税银三分，而倚邦每担茶纳税银一两，几乎是易武的四倍。在茶山纳税交银，到思茅交税费凭证，然后转运销售各方。谕告倚邦治下官民照此执行，违者将追究责任。

表面上看起来事情并不复杂，实际上并非如此。事情的起因可以说是天灾人祸的倒逼：瘟疫的流行与屡次发生的火灾。道光《普洱府志》记载，普洱府治下，火灾、地震、水灾、冰雹、雪灾、岁欠、大饥等连年不绝，从侧面印证了事情的原委有相当的可信程度。在车里军民宣慰司地面上，各种内外矛盾导致的征战不息，导致百姓死亡、外逃等事件频发。道光二十七八年，来自景洪的团练等地方武装，还曾经将牛滚塘茶山一带劫掠一空。

我们进一步寻找线索，希望通过更为有力的证据加以证实。在《版纳文史资料选辑》第四辑的彩页中有了发现，图片说明标注为"道光年间倚邦彭绍祖等头目预卖茶叶的立约"，遗憾的是图片清晰度很一般。于是联络李光品先生追寻预卖茶约原件的下落,得知存放在勐腊县博物馆。碰巧李先生人在勐腊,为此还专门去了一趟勐腊博物馆。据李先生事后回复:没有了。这真是让人感到万分遗憾,但是也可以理解,毕竟只是一份薄薄的纸张,或许因为年深日久已经化为齑粉犹未可知。于是只好想方设法利用现有的资料,通过放大镜反复辨识,大多数的文字被识别了出来。兹将文字内容罗列如下:

  立预卖二十七年公费茶,印官习□尧统通山头目叶长兴、叶光辉、丰万年、权绍宗、王宝柱、彭绍祖、朱嘉祥、冯绍得、朱盈、王云等。今因公务急迫,立约卖与□□□□□名下公费茶三十八担一□,实受茶价九成银叁佰捌拾伍两整。俟二十七年,准以是甲公费银抵款,本息一切如数归款,不致欠少分毫。恐口无凭,立此卖约为据。

        凭 何允师爷
          许明师爷
          代字高国表

  立卖茶印官习□尧统通山头目彭绍祖、王宝柱、叶长兴、叶光辉、丰万年、权绍宗、朱嘉祥、冯绍得、朱盈、王云仝押。

        道光二十六年十二月二十四日

从卖茶预约中可以看出，即便是作为倚邦通山头目，也必须要预卖茶叶，才能补上公务所需。预卖茶叶所收款项，需要第二年连本带息归还。实际上，卖茶预约中还有八个大字："抽回涂销，以作废币"。但是在预卖茶约上，并无涂抹的痕迹，而且一直留存了下来。这很有可能意味着，这些通山头目并没有如约按期归还本息。将这道光二十六年（1846）的卖茶预约与道光二十八年（1848）保全碑刻两相对照，印证出土弁贡茶、钱粮无力早完。土弁头目尚且如此，百姓又该处于何等艰难的处境呢？

看起来倚邦土司治下税赋改革势在必行，但与前车之鉴的易武相较，似乎对倚邦更为不利。问题就出在抽收税赋的数额上，都是按担抽收，易武每担需要纳银三钱，倚邦则需要纳银一两。同属思茅厅管辖的易武土司地、倚邦土司地，为何会有如此之大的差别？而且比例是一比四。或许有一种答案可以做出较为合理的解释，那就是易武土司管辖漫撒（易武）茶山，而倚邦土司管辖至少包括倚邦、蛮砖、革登与莽枝四座茶山。按理说，倚邦土司管辖四座茶山，茶叶交易量自然更大。如果制定出同样的税率，同样按担抽收，反而更加有利。实际上的结果却并非如此。

据易武高发倡先生收藏的象明倚邦《恒盛号茶庄手记账》的记载：嘉庆初年，倚邦已有庆昌茶号、瑞祥茶号、盛丰茶号等，嘉庆四年（1799）开设恒盛茶号，嘉庆五年（1800）顺昌号、杨兆兴茶号开张，道光三年（1823）陈利贞茶号开业，道光三年嶍峨熊盛弘、秦佩信两号迁倚邦。道光二十五年（1845），盛瘟疫，与倚邦陈利贞、架布陈慕荣同行各归故里。

此后，一直到咸丰七年（1857）之前没有记载。这些记载与保全碑、预卖茶约的内容，大致相互吻合，也从侧面印证出这段历史真实存在过。

保全碑中，保贡典、添办贡茶，同样属于重中之重。从雍正年间开始，围绕置办贡茶，云贵总督、云南巡抚、布政使等众多官员屡次发文晓谕云南省文武衙门各级官吏，不许入山扰累、压买官茶。贡茶系动用布政司铜息一千两发思茅厅置办。实际上，借添办贡茶之际，顺路搭车置备官茶等弊端愈演愈烈。作为思茅厅治下贡茶采办官的倚邦土司负担相当沉重，而这些负担复又成为茶山夷民百姓苦难的根源之一。雍正十一年（1733）提督云南学院的吴应枚撰《滇南杂记》载："普洱产茶，旧颇为民害，今已尽行革除矣。"残酷的事实证明：民害依旧，革除无期。

道光二十八年（1848），普洱府属思茅厅治下的倚邦土司地，屡经火灾，瘟疫肆虐。加之税费负担加重，茶号关门歇业，回归家乡。这该是一种怎样让人无望的生存环境？十数年之后，众多茶号复又在倚邦开业，在这片土地上，继续书写人与茶的故事。

将游离的思绪从历史中抽回现实，2020年春天的茶山，注定是让亲历过的人难以忘怀的记忆。曾经在这片土地上，生灵无数次遭受涂炭，又一次次重新崛起。重读这段历史，是让人懂得珍惜，磨难本就是生命的组成部分。行走在茶山上的人们，终究会留下或深或浅的印迹，那是属于这个时代人与茶的故事。

历史篇

倚邦止价碑背后的故事

普洱六山记

倚邦止价碑

倚邦茶在六山中向以质细味香而声誉卓著，引得爱茶人纷纷慕名而至。人们徜徉在热带雨林中，置身于高山茶园里，朝观云海而暮看夕阳，晨沐清风而夜邀明月，沉迷于古树茶的山野气韵，不知今夕是何年。

曾几何时，倚邦还是令人闻之生畏之地，为了讨生活，一代又一代的人们不惜以身犯险，走夷方、上茶山，在这方土地上演绎出人世间一幕幕悲欢离合的故事。

近十数年来，每逢春秋茶季，我们无数次往返倚邦，亲眼见证了山路变化，从崎岖坎坷泥泞的土路，改建成弹石路面，继而铺设成柏油路。无数次经历雨季损毁后再行修复，恍似人与自然之间永无休止的博弈。这让人不禁喟叹：今时今日，面对自然，人们尚且常常处于下风，过往先民面对的又是何等凶险的生存环境呢？所幸倚邦还有劫后遗存的碑刻，记录了过往发生的事件，使得后人借此品读历史，解析倚邦的前尘往事。

倚邦老街入口处有一所院落，主人徐辉棋多年来守护着三方碑刻，并排靠墙立在屋檐下。每次来到倚邦，都会前来探看品读这三方碑刻。三方碑之碑额都共同雕凿了四个大字"永远遵守"，想必是立碑之人的心声。第三方碑刻形制比前两方略小，记述内容是雇主与亡故雇工蠲恤事宜纠纷裁定。通览碑文，其核心在于"截止工价"，为了下文叙述方便起见，称其为"止价碑"。碑文内容如下：

世袭管理倚邦一带地方总理茶政兼管钱粮事务军功都□府曹抄奉

钦加三品衔知府用即补军民府署理思茅厅加三级记大功六次覃

为出示晓谕，严禁刁风，立案饬遵事。案据绅商许金芳、喻锡光、高占魁、雷应升等公呈，为公叩仁慈，严禁刁风，恳准批示立案事。窃商贾雇工，原期供作代劳，遇事使用。或赶牛、赶马、挽运货物，或背负肩挑、游贸经营，或上山下坝、进出夷地，或往来境内，或跋涉地方。原因己力不能自任，故出资以雇替。而人之寿夭不一，死生莫测，况思茅所辖及邻境地方悉属瘴乡，既甘愿受雇得资，苟或不幸身亡，只能听诸天命。向来思茅□规，凡雇工故亡，无论程途远近及出外在家，均以凶信报到该工家属之日截止工银，历久无异。近来世风刁劣，遇有工人亡故，其家属亲眷，往往借作敲磕之端，动则向雇主索人要尸，大肆蛊骗。甚而设词捏控，情必称人命，必遂其欲而后止。历年来被磕受骗之人，已属不少，此等习风若不禀恩严禁，则相沿日久，效尤成习，将来酿祸滋讼，不知伊于胡底。绅商等不揣冒昧，联名吁恳仁慈，嗣后遇有雇工身死，照旧于凶信报到该工家属之日截止工价，不准借端磕索。赏准批示立案并乞出示严禁,则沾恩无际等情到府。据此查所呈,近来世风刁岁,遇有雇工身亡,其家属亲眷人等,往往借端磕索,肆行盅骗,此等恶习,实属可恨。嗣后遇有雇工身死,照旧于凶信报到该工家属之日截止工价,其亲眷人等,不准借端磕索。倘敢故违,再蹈前辙,许即票送来辕,以凭惩治。如果另有别情,仍准控究,但需证据确凿,虚则坐诬。除批示立案外,合行出示晓谕。为此,示仰商贾居民汉夷人等,一体遵照毋违。切切特示。

光绪十三年七月初七日示
光绪十四年二月初六日遵刻
倚邦绅商等同泐石

我们先来看一下碑文抬头"世袭管理倚邦一带地方总理茶政兼管钱粮事务军功都□府曹抄奉"一句,通过查证相关文献可知句中所说"曹"指时任倚邦土司曹瞻云,正是由他将上级裁定"抄奉"至倚邦晓谕商贾居民夷汉人等遵行。

另一句"钦加三品衔知府用即补军民府署理思茅厅加三级记大功六次覃",指倚邦土司曹瞻云的上级思茅厅同知覃克振。光绪《普洱府志》中将覃克振列入"循吏",这是相当高的评价。并对其出身与为官政绩作了简述:"覃克振,字和甫。广西容县人,光绪十一年署思茅厅同知,倡捐修城垣、城楼,改建书院于宣化门内,编联保甲弭盗安民。"

据碑文记述可知:受雇于倚邦绅商的雇工亡故后,其家属亲眷与雇主之间就善后赔偿事宜纠纷不断。为了争取各自的权益,双方都有自己的正当情由。于雇工家人亲眷来讲,不仅要悲悼亲人亡故,而且有可能面临丧失家庭主要劳力的悲惨局面。通过控告等方式向雇主方索赔在所难免。于雇主方倚邦绅商来讲,遭受苛索,惹上官司,赔钱耗时,日久沿袭成风则难以承受。为此,作为雇主方的倚邦绅商许金芳、喻锡光、高占魁、雷应升等人,诉至思茅厅,署任同知覃克振作出了裁定,倚邦土司曹瞻云抄奉裁定,晓谕商贾居民夷汉人等遵照,倚邦绅商泐石宣示,以期雇佣双方"永远遵守"。

碑文记述,令人感受到深重的悲凉。何以会出现倚邦绅商雇工动辄身故的事件?雇主方给出的解释是"人之寿夭不一,死生莫测;受雇身亡瘴乡,听诸天命"。倘若略加深究便不难知悉,过往农耕时代,人的平均寿命比现在要短得多。清代普洱府属宁洱县、思茅厅、威远厅、他郎厅都属"瘴疠"之地,人或染瘴而殁并不罕见。

农耕时代,面临自然灾害侵袭,人们几乎没有抵抗能力。光绪《普洱府志》记载:自雍正朝设普洱府至光绪朝,普洱府所辖地方,关于灾害的记载不绝如缕,地震、大旱、大水、大雪、大疫等,丰年绝少而灾年居多,能够活下去并非易事。

光绪《普洱府志》"人物志·列女"中记载了与之相关的两个具体事例:"陈氏女,许字周,祈年末于归,周出外卒于茶山,女闻讣过门守志,欲归夫骨,以贫不遂。饶必达妻乐氏,乐正清季女,于归后善持家,必达贩茶赴倚邦茶山,殁于瘴,家綦贫。"由此可见,由于家庭顶梁柱身故,当事者家里的天都塌了,陷入了极端贫困的状态。

而时人遭遇的凶险,尚且不止于此。来自野兽的威胁,同样不容小觑。光绪《普洱府志》"人物志"中还有两个小故事,一则来自"孝友":"卫东宝,思茅倚邦人,家贫,事母至孝。一日,奉母采茶,宝登茶树,忽闻母声,奔视,见虎以爪搏母,即出刃斫虎。虎遁,负母归,母已殒命矣,宝竭力营葬,旋亦自尽。"另一则来自"列女":"李女藤阿英,倚邦高山栅夷人,未字。奉母采茶,英方登树,母为虎噬,英闻声奔救,虎遁去。英负母归,母已殒命,英邀戚殓葬后,自缢死。"不管怎么看,这都像是同一个故事,口口相传成了男、女两个版本。两个故事都出自光绪《普洱府志》编纂过程中深入民间"采访"所获素材,至少从侧面佐证了茶山生存环境的恶劣。

回到止价碑记载内容本身:身亡雇工方家属亲眷与雇主方之间的最主要纠纷集中在善后赔偿事宜上。身亡雇工方亲眷家属自然主张争取更多赔偿,情必称人命,所以索人要尸,设词捏控，必欲遂其欲而后止。雇主方则希望沿袭行规，制定规程，以凶信报到身亡者家属之日起截止工价。思茅厅同知覃克振的裁定结果无疑是有利于雇主方倚邦绅商，是故倚邦绅商泐石以宣示其事。从现代司法角度来看，这毫无疑问与公平、公正的司法精神相违背，但是我们并不能因此苛求古人，每一代人都有他们的时代局限性，现代人也一样。

止价碑记载的内容，是一场彻头彻尾的悲剧，从中可以窥见曾经生活在这片土地上芸芸众生惨烈的生存状态。人间沧桑，世事无情，回顾过往的悲剧，期冀世人警醒。

人是非常容易忘却的，就像现在每每入倚邦访茶，已经习惯了日渐便利的道路交通条件，甚至下意识地以为这一切都是理所当然的，仿佛往日的艰难一并被抛诸脑后，随风而逝了。生活在茶山上的人们因茶而兴，村寨面貌日新月异，有房有车者越来越多，逐渐都过上了现代化的好生活。

人们裹挟在时代的洪流里，随着世事起落浮沉。茶的背后，映衬出世间万象。又有谁能勘破尘世间的迷雾，把这茶中三昧数说清楚。

历史篇

普洱六山记

蛮砖会馆功德碑背后的故事

蛮砖会馆功德碑

连续十年寻茶云南，每年必到的当属六大茶山，尤其钟爱的就有蛮砖山普洱茶。只是早年间，一心一意都用在寻访好茶上，直到最近两年，才开始逐步将注意力转向六大茶山厚重的人文历史，于是就有了今年春茶季节在蛮砖山的意外收获。

四月中旬，到访蛮砖山之前，早早联络曼庄大寨一位相识多年的茶农赵永刚，托他帮忙给同村的丰绍康家打个招呼，据说有块碑刻镶嵌在丰家灶台上，想着借此到访曼庄的机会，能够给这块碑刻拍个照，作为资料的搜集，热心的赵永刚痛痛快快地答应了下来。

我们抵达曼庄的时候，已经是傍晚时分，伴随着近年普洱茶市场的热络，曼庄家家户户的茶农大都建起新居。赵永刚邀请我们到家里喝茶。我提出：趁着光线尚好，先带我们去看看石碑。赵永刚头前带路，距他家只隔着两户就是丰家的宅院。同村的乡里乡亲，相互之间都十分熟络。打过招呼，就指引我们去看竖在院中墙角的一块石碑。或许是因茶致富，过上了好生活，丰家主人意识到这块碑刻值得更好对待，故而有些抱歉地说："打理得不好！"在我看来，已经是非常好了。这块曾经镶嵌在灶台上被染了油污的石碑，如今被拆卸下来后清洗得干干净净。

面前的这块碑刻，历尽沧桑，虽然有部分缺损，但大体上尚且保存得十分完好，已经殊为难得了。丰家一位只有几岁模样的小儿，看到我们在努力辨认碑刻上的文字，将一双小手湿了水后跑过来，在碑刻上随手涂抹，字迹立马变得清晰可辨。于是连忙让舍弟马博峰去找主家接来一盆清水，用抹布蘸着清水，轻轻擦拭碑刻表面，在水迹未干、字迹清晰可辨的瞬间，用相机拍摄下来。接下来，伴着夕阳的余晖，我们一遍遍地浏览碑刻上的文字，用双手轻轻摩挲着石碑，久久不忍离去。

云南访茶结束，回到郑州后，花费了数日的时间，将单反相机拍摄的照片放大，反复辨认查证碑刻上的文字内容，循着其中文字记载的指引，我们逐步解开了碑文中尘封已久的谜团，谛听了一连串的故事。

虽然石碑上部有部分残损，碑额的四个大字只有"碑记"两字保存完整，还有一个字只余下小半部分，努力辨认可知应为"德"字，按照传统的命名方法，并根据碑刻的内容，可推断出碑刻的抬头应为"功德碑记"。题写碑额的人落款是"钦赐博学鸿词再授翰林院检讨张汉题"。

碑刻的抬头部分是"序"，序文的内容如下：

尝闻圣人之德大而难以名人心之敬。随地以见，即彼六大茶山，蛮砖一。居峻岭穷谷边处，深山前□，舟车所不至，人力所难近。今蒙我□国家予惠元元，抚绥边土而农工立业，商贾络绎。有聚族于斯者，有省会于斯者，各享升平之世，乐化日之天威。颂圣主之悠久，感神威之默扬，因而约众捐金，建鉴行宫，以作蛮砖会馆。来书京都，托志于予，予欣然喜曰：拣宇维新，神其妥也，伦祀蒸尝，昭其敬也。入庙而观威灵，永扫瘴疠妖氛。卜诸巽日，发祥必获余庆，多福伏惟（缺一字，上下文联系，补为"惟"字），丹心贯日，忠义独越千古，威光普照，显应蛮郡。凡众乡友，解囊重捐，不惜七垩之费，众志一心，共成福缘善果。则有倡之于前，必有继之以后。继起多人，广规模，日渐弘开，馨香万载常新。此人之幸也，亦神之幸也！是以为记。

作序之人落款为"赐进士第户科掌印给事（应该是少刻了一个"中"字）特授山东学政罗凤彩撰"。从序文中可知，所建为"蛮砖会馆"。因此，这块碑刻的合理命名应为：蛮砖会馆功德碑。

操办蛮砖会馆建造并勒石铭记其事的是"管事会长高板柱、严珍"。

碑刻中将捐资者的姓名、捐献银两数额收录其中，总计10排，每排20人左右。首排第一位是"管理茶山军工土部千总曹当斋奉银四两"。奉银最多者是紧随其后的"丰大裔三十二两"。可以辨认出姓名，或者是只能辨认出姓氏，以及只能辨认出名字的人数总计有180人左右。余下的字迹皆漫漶不清，依据残余的笔画痕迹尚可推断出至少还有20人。捐建蛮砖会馆的人数总和当在200人以上。出资捐建蛮砖会馆众人姓名排列，除开作为地方主政土官曹当斋排在首位之外，余下者大致按照出资金额的多少进行排列。有七两五分、六两、五两、三两、二两、一两二、一两、八分、七分、六分、五分、四分不等。从出资金额可以看出，丰大裔财力雄厚，此外尚有众多丰姓捐资人等。捐资人中的大姓尚有卫姓，亦为数不少。从姓名中可以看出，以家族聚居是较为普遍的现象。碑刻上捐资者的姓名绝大多数属于汉族，亦有少数疑为当地土著民族的名字。

蛮砖会馆功德碑落款时间为"乾隆六年春正月朔一日吉旦"。

当我们逐步辨识出蛮砖会馆功德碑上的内文后，又引发出了一连串的疑问，题写蛮砖会馆"功德碑记"四字的张汉是谁？为蛮砖会馆《功德碑记》作序的罗凤彩又是谁？为什么修建蛮砖会馆，勒石以记其事的《功德碑记》要请张汉题写碑名，请罗凤彩作序？为了解开这一连串的谜底，我们再次查找相关历史资料加以佐证。

关键时刻，题写"功德碑记"四字的张汉，以及为《功德碑记》作序的罗凤彩，他们落款所署官衔起到了索引的作用。在翻阅了大量资料之后，我们在《石屏县志》中找到了答案。

在"人物传""文化名人"一节中有张汉的简介：

张汉（1680—1759），字月槎，号茂思，晚号蛰存。宝秀张本寨人，后移居石屏城。康熙戊子（1708）科中举，癸巳（1713）恩科进士，殿试后，授翰林院庶吉士，继而又升检讨，出任河南府知府。居官清廉，与当权者抵牾，被解组归。乾隆丙辰（1736），高宗登基，开博学鸿词科，二次入翰林院，复授检讨。张汉在京在地方为官，均以清介廉洁为本，嗜茶重文，精于书法，著有《留砚堂诗集》《留砚堂文集》。

在"人物传""军政名人"一节中有罗凤彩的简介：

罗凤彩（1695—1772），字苞仪，号竹园，别号桐冈。石屏人，雍正癸卯（1723）科中举，同年联捷进士。曾有广西、四川等地方官员任职经历，并曾奉旨赴各地巡察财政、赈灾、学政、漕务等，为官二十年以清廉著称，官至宗人府丞（正三品），后告官归里。

伴随着对蛮砖会馆功德碑所载内容的不断深入解读，一幕幕鲜活的历史片段仿佛重新浮现在眼前，让人们在瞬间穿越历史的长河，置身于乾隆初年蛮砖会馆建设的历史场景里。

雍正七年（1729），鄂尔泰主政云南期间，对包括六大茶山在内澜沧江以东各版纳土司地方实施改土归流，从车里军民宣慰司划归新成立的普洱府管理。普洱府曾经一度将外来汉民驱逐出茶山，随后不久似乎又改变了这一策略，来自云南省内石屏等地，以及省外的汉民再度涌入茶山，凭借商业、文化、政治等方方面面的优势，很快再度在茶山站稳了脚跟，于是他们谋求在蛮砖茶山建立蛮砖会馆，并为此付出了艰苦的努力。

筹集建造资金是重中之重，于是包括来自石屏等云南省内以及省外各地的汉族农工商贾，管理茶山的土千总曹当斋，甚至是当地的土著人等，都被作为广泛团结的对象卷入进来，各量财力，共同捐资建造蛮砖会馆。

为了能够铭记此项盛举，管事会长高板柱等人深谋远虑，充分调动石屏人的政治人脉，修书至京，延请为官清廉的两位石屏籍官员襄助，一为题写碑名，一为作序。

敦请年长而又在书法上颇有声望的张汉题写蛮砖会馆碑的抬头，"功德碑记"四个大字虽然仅余半数，仍然可以从中感受到其遒劲有力的书风。

欣然为之作序的罗凤彩，将建造蛮砖会馆的发起、功用、意义等做了简明扼要的记述，为后人留下了极为宝贵的记录，也为蛮砖茶山的历史记载留下了浓墨重彩的一笔。

蛮砖会馆《功德碑记》落款时间为乾隆六年（1741），张汉题写的"功德碑记"四字碑额，罗凤彩为其所作序，肯定是在此之前。张汉是在乾隆元年（1736）通过博学鸿词科二入翰林院，被再度授予翰林院检讨。题写"功德碑记"碑额应当就是在乾隆元年至乾隆六年期间。罗凤彩在雍正七年（1729）擢升户科掌印给事中，奉敕视学山东。其为蛮砖会馆《功德碑记》作序应该是在任职山东学政期间。

不难猜测，在以士农工商厘定阶层身份的有清一代，外来移民进入茶山者，本能地需要为自己争取一个更为有利的生存环境。延请士人阶层的张汉题写碑名,罗凤彩为之作序,客观上起到了为来自石屏等地的移民壮声威的作用。事实上,就连主政茶山的土千总曹当斋,以及当地的土著都参与了蛮砖会馆的建造,并在碑刻上留下了自己的姓名。

历史并不都是留存在书籍上,隐藏在故纸堆里,而是穿越时光,将过往和现在承接起来。遥想在雍正元年(1723),张汉自京翰林院出馆,出任河南知府,至雍正七年(1729)罢职,雍正九年(1731)春离开洛阳,短短数年期间,为保护中原文化,甚至是华夏文化的根脉,其所作所为,居功至伟。今天,在河南,众多名胜古迹,都留有张汉的痕迹,诸如洛出书处、孔子入周问礼处、关林、龙门石窟、诗圣杜甫故里、唐宋八大家之首韩愈祠、宋代大儒程颐墓、北宋名相范仲淹墓等,不一而足。

乾隆十年(1745),张汉被罢免河南知府16年后,洛阳重修县志时,将张汉列为"名宦""循吏",肯定其担任河南知府时的功绩。如今,200多年过后,他仍然被洛阳人时时追忆。

《石屏县志》载:在他告老回乡后,吟诗无纸,便取谏稿之背书之;嗜茶无资,以夫人纺织之余购之。民间素有"月槎清节"的种种传说。他平生好学不倦,重文采而轻名利。松村石林寺旧有他所书来爽亭柱联:"笑红尘渴名渴利,喝一勺之多,如冰斯冷;爱白泉饮廉饮让,写十年之书,与水同清。"这副楹联既写来爽亭,又写他自己的一生。

自古书家为人书写惯有收受润笔之风,欧阳修就曾用龙团茶、惠山泉等酬答蔡襄,蔡大笑"以为太清而不俗"。我们猜想:

杜甫诞生窑

张汉题"诗圣故里"石碑

张汉当年有可能收下家乡人送来的蛮砖茶山的普洱茶，这是自古就有的清雅风尚。无独有偶的是张汉确有一首诗作《普洱茶》："一水何须让武夷，遗经补注问名迟。撷从瘴雨春分后，焙取蛮烟骑火时。郡守不因茶务重，候封绝胜酒泉移。南中旧史文园令，应喜清芬疗渴宜。"

作为洛阳人，笔者旧曾多次游历拜谒张汉保留下来的文脉圣地，也曾有机缘观瞻镌刻在石碑上的张汉书作，只是从来没有想到过，会因为普洱茶，再次将这些联系在一起，不由人不赞叹文脉的传承不息，文化的历久弥新。

雍正《云南通志》"物产部"载曰："普洱府，茶，产攸乐、革登、倚邦、莽枝、蛮砖、慢撒六茶山，而倚邦、蛮砖者味较胜。"那个年代之人对茶所作评价，至今历两百余年仍然让人惊叹不已。

今天，我们在品鉴质细味香的蛮砖山普洱茶时，还能够品读到这段蛮砖会馆的往事，不独只有普洱茶"越陈越香"，普洱茶文化亦有着更为久远的生命力！

历史篇

漫撒新建石屏会馆碑背后的故事

普洱六山记

漫撒新建石屏会馆碑

十年之前，首次赴云南访茶，第一站去的就是易武镇。其间曾经路过漫撒寨。见有外人来此，一个赤裸上身不修边幅的当地男子，热情地招呼我们前去家里喝茶。身处边地山村，人生地不熟，同行的两个姑娘彼此对视了一眼，神情流露出为难之意。由此，我们就无意间错过了赴漫撒寻源问茶的机缘。这一别就是数年，直到我们重新回过头来审视漫撒山的时候，才发现这方土地不单是孕育出了好茶，还承载着六大茶山厚重的人文历史。

现在说起六大茶山，喜爱普洱的茶友如数家珍，尤其推崇易武茶山。如果说起漫撒茶山，言及漫撒与易武茶山的关系，则莫衷一是。这是在涉及六大茶山历史的时候，需要稍加阐释的地方。

信史可见的确切文字记载，始见于雍正《云南通志》"物产卷"："茶，产攸乐、革登、倚邦、莽枝、蛮砖、慢撒六茶山，而倚邦、蛮砖者味较胜。"

道光三十年（1850）李熙龄修《普洱府志》，其中多处载明六茶山：攸乐山、莽枝山、革登山、蛮砖山、倚邦山、漫撒山，并注明漫撒山即是易武山。

光绪二十三年（1897）陈宗海《普洱府志》中亦有多处载明六茶山：攸乐山、莽枝山、革登山、蛮砖山、倚邦山、漫撒山，并注明漫撒山易名易武山。

史志中关于六大茶山的记载基本相同，只是在用字上略有差异，诸如"莽枝"有时写作"莽芝"，"漫撒"有时写作"慢撒"。由于史志类书籍都是汇聚众人之力，经多年编纂而成，不免有些小问题，实属正常。若说古今的不同，史志记载大都是"六大茶山""六茶山"或"六山"，而今则称为古六大茶山或古六山。

　　从雍正七年（1729）始修到乾隆元年（1736）成书的《云南通志》，到道光三十年的《普洱府志》，再到光绪二十三年的《普洱府志》所记六大茶山，仅以漫撒茶山、易武茶山而言，从雍正年间的漫撒山，到道光年间漫撒山即易武山，再到光绪年间漫撒山易名易武山，名称变幻背后的实质是茶山兴衰起伏。就像现在的人言必称易武山，几乎很少有人提及漫撒山了，又有谁去关注过漫撒山如日中天时代的往事呢？

　　现如今访茶六大茶山的人们，最向往的还是易武茶山。引人惦念的不独有上好的普洱茶，更有遗存下来的茶马古道，老字号普洱茶故居云集的老街，供人们怀古探幽。也曾经一次又一次在老街流连徘徊，真正让我们能够管窥这座茶山厚重人文底蕴的地方，当属耸立在老街大天井旁边的易武茶文化博物馆。或许是之前机缘未到，来来往往许多次，都是铁将军把门，直到前年秋天到此，才巧遇易武茶文化博物馆开着门,我们就满心欢喜进去参观,用充满惊奇的眼光仔细打量馆藏的各种物品,由此打开了探寻易武茶山文化的门径。

馆藏文物中,最吸引我们眼球的就是各种镌刻有文字的石碑。博物馆的工作人员悉心将碑刻上的内容誊抄下来,张贴在石碑背后,方便来访者查看。为了能够有机会深入解读碑刻文字的内容,我们征得馆方同意后,用相机逐个将碑刻的内容拍摄下来。其中,最先吸引到我们注意的就是漫撒新建石屏会馆碑。这块石碑曾经伫立在漫撒石屏会馆,历经二百多年的时光,几经辗转至此。石碑应该是曾经断裂过,如今用水泥加以固定,品相仍然大致完好,这已经是殊为难得了。比起纸张的易朽,镌刻文字的石碑,虽历经过往岁月中风雨的侵蚀,但所刻文字大都历历在目。通过将誊抄的文字与石碑原文反复对比,漫撒新建石屏会馆碑上的文字内容基本得到还原。

今福宝而既广矣。

圣天□□□所及,东渐西被,□□□饥,荒陬僻壤,人迹罕到,□区面,具迁有无化居者,□□肩相摩,毂相击,趾相错也。吾滇僻处,天未屏其□郡也。茶山又其超鄙也,漫撒又茶山之小者也。然屏人之往来于兹者,如履坦途,无疵疠之忧,无虫恙之患。虚往实归,实繁有徒,此岂惟圣治之德威所既,疑其中亦有神助焉。然而远别乡井,出入于蛮烟瘴雨之乡,而楼息无定,即次未安非所以,敦乡谊慰旅人也。岁丁未,屏人相聚而宣曰：吾屏中大□,京都省会远,而普洱皆有会馆。漫撒虽陋,岂可无之？爰各捐金若干,建立大殿陪殿厢房厅堂,巍然可观。中供神武大帝像,左为财神殿,右为山神土地祠。而并灶什物,陆续置备。俾屏人之往来者,得所憩息。而岁时伏腊祈祷酬愿者,亦得歌于斯饮于斯。无异在乾山巽水间也。工既讫,走书告余,请记其事。余维扬圣治之威,妥神灵之佑,敦乡谊而安旅人,一举而众善备焉。所乐为记之。至捐金之数,列名于左,使后人之得以考焉。

碑记落款署名"赐进士出身蒙化厅教授加二级郡人卢鐩谨记",后面还加盖有印章。从文中内容可以看出写碑记的卢鐩是石屏人,循着卢鐩的头衔追索,乾隆四十六年(1781),蒙化直隶厅教授卢鐩还为厅设文昌宫建厢房、厨库、书室。

碑文之后,所记的都是捐资人姓名。排在首位的是"世袭管理茶山一带地方部厅曹捐银伍拾两",紧随其后的是"世袭管理易武一带地方部厅伍捐银陆拾两"。应该是时任倚邦土司、易武土司所为。从捐资金额看,都称得上是慷慨解囊,甚至有点一比高低的意味。

余下者多是捐资人的姓名和捐资数额。看起来并没有严格遵照捐资数额进行姓名排列,只是大致划分后镌刻姓名以作记录。有趣的是接受的捐赠中还有实物"奉灯一对",但是也作价贰两,说明价值。还有就是捐资人中,有人署名"许木匠",不知道是不是修建漫撒会馆时雇佣的木匠,既出力又出资。可见出资捐赠者社会各阶层的都有。尚且能够辨识出来捐资人姓名的有近30人。

《漫撒新建石屏会馆碑记》落款时间为"大清乾隆五十四年季秋月既望,众姓熏沐敬勒"。记述的应该是会馆落成举行典礼的时间。

从文中的表述来看,在普洱府城(今宁洱县),就有石屏会馆。文献也印证了其所言不虚。道光三十年(1850)李熙龄修《普洱府志》"卷之一图说"中附有普洱府城池图,从地图中可以看到,在普洱府城朝阳门内有石屏会馆。除此外,尚有临安会馆、江西会馆、陕西会馆等。同属普洱府管辖下的威远厅(乾隆三十五年划管)地图上,也在城外有石屏会馆。

文中内容还凸显出石屏会馆的重要功能,就是用来供奉祭祀。正中大殿供奉的是神武大帝,也就是老百姓俗称的关帝。六大茶山的遗址,凡被认为是石屏会馆的,大都别称其为关帝庙,也不是没有缘由的。大殿两厢,左为财神殿,右为山神土地祠。重视祭祀,是历代的传统,清王朝,亦是如此。据雍正《云南通志》记载:祭祀又名祠祀,官方性质的称为祀典,其中就有关帝庙、城隍庙、诸葛武侯祠等。民间性质的称为群祀,其中亦有三圣庙(包括关圣在内)。道光年间《普洱府志》"祀祠"中记载有关帝庙、武侯祠,陕西人、临安人、石屏人还分别各自建了一个关圣行宫。思茅厅(雍正十三年后管理易武土司、倚邦土司等八版纳土司)亦有关帝庙、武侯祠。光绪《普洱府志》记载官方的典祀有武帝庙、城隍庙等,思茅厅典祀有武帝庙、武侯祠、城隍庙等;民间性质的俗祀有土主庙、财神庙、武侯祠等。这从《漫撒新建石屏会馆碑记》中都逐一验证,大殿供奉的神武大帝,左右配殿供奉的财神、山神土地,是官民祭祀的综合体。事实上,正是顺治皇帝敕封关帝为神武大帝,雍正皇帝敕封关帝三代,加上乾隆皇帝着实推崇,在历代帝王庙中建皇帝亲奉的关帝庙,形成了浓厚的关帝信仰之风。莽枝山、革登山、倚邦山、蛮砖山、漫撒山(易武山)地面上,山山都有石屏会馆(关帝庙)遗存或传说,都只不过是历史留下的小小注脚罢了。

当我们将苦苦追寻到的信息加以汇总后,大致可以梳理出来一个较为清晰的脉络。乾隆中期,围绕车里宣慰司的主导权之争,清王朝与缅甸发生了长达十数年的战争。双方在付出了惨重代价后,迎来了短暂的和平时光。移民漫撒的外来石屏人,勇敢、勤劳、智慧,紧紧把握住这难得的发展机遇,用血汗生命累积下资本,争取到了倚邦土司、易武土司的支持,以石屏籍人为主体,众人踊跃捐款、捐物,共同新建漫撒石屏会馆，并以乡情之谊，敦请蒙化直隶厅教授卢镦以记其事。乾隆五十四年（1789）农历九月十六日，这应该是特意选择的一个好日子，众人沐浴熏香之后，参加漫撒石屏会馆的落成典礼。捐资众人的姓名，都被镌刻在石碑上，以期后辈铭记。由此，往来漫撒种茶、制茶、贩茶的石屏籍同乡，都有了落脚点。这里供人们供奉祭祀，向神灵祈祷。在这里会商解决遇到的各种问题事件。这里使远离故乡的石屏人的肉身得以安放，精神得以抚慰。

翻开厚厚的史书，在中国的历史上，五十年之间不发生大规模的战争，就称得上太平。即便是所谓"康雍乾太平盛世"期间，云南这片土地上也并不太平。具体到滇南六大茶山一带，围绕改土归流，雍正年间频现刀兵。到了乾隆一朝，只有在乾隆初期、后期有过短暂的太平时光。为了谋求生存发展，大批石屏人"走夷方"，来到六大茶山讨生活。乾隆六年（1741）修造蛮砖会馆，乾隆五十四年（1789）新建漫撒石屏会馆，留下来的碑刻，凝固了一段段光阴的故事。故事里的人们，经历的都是人生中绕不开的悲欢离合。于今天喜爱普洱茶的人来讲，那不过是茶余的谈资，都付笑谈中。

历史篇

漫撒寄户临时执照碑背后的故事

普洱六山记

漫撒寄户临时执照碑

六大茶山，普洱茶友心之所向的圣地，尤以易武山备受青睐，引得众人纷至沓来寻源问茶。回溯普洱茶的历史，更多时候，是追寻人与茶相伴相生的事迹。由此，演绎出一幕幕或动人或悲凉的历史话剧，最终都定格在岁月深处，化作镌刻在石碑上的文字，或者是口口相传的故事。

行走易武山，老街上的易武茶文化博物馆，最叫人流连忘返。在这滇南极边之地的高山小镇上，能有这样一个博物馆，真真令人觉得是一个神奇的所在。原本散落在茶山各处的碑刻文物，从此有了一个容身之所，文化的根脉得以保存延续，功莫大焉。

易武茶文化博物馆收藏的一方方碑刻，就如同一座座宝藏，等待着爱茶人去探寻。每一次探索过程都充满艰辛，各种困难挫折如影随形，而每一次收获都让人觉得辛勤付出得到了回报，于是继续鼓起勇气寻找未知答案。

易武茶文化博物馆中收藏的一方碑刻很有意思，在同一方石碑上，镌刻着不同年代的两件事情，可谓是对资源的充分有效利用。石碑右端刻的是乾隆五十四年（1789）车里宣慰司下发给漫撒寄户的执照，所以也称作"漫撒寄户临时执照碑"。当我们试图深入探究此碑的时候，却遇上了意料之外的阻碍。经过查证资料发现，漫撒寄户临时执照碑有两方，易武茶文化博物馆只收藏到了其中一方，另一方碑刻就只在书籍上有记载。为此我们联系上了两本书的作者，其中一位作者并没有见到过原碑，是转引的文章。另一位作者则说是托请别人将碑刻拓印下来，在核对誊抄碑文之后就将拓印件送人了，就连所送之人也已经日久淡忘了。

我们只好转而向易武茶文化博物馆、勐腊县文化馆等相关单位人员寻求帮助，结果令人无比遗憾。据说，在漫撒总共有三方碑刻，只找到了两方。另一方漫撒寄户临时执照碑原来立在漫撒大庙，庙倒塌之后此碑就找不到了。在尝试了各种方法寻找之后，最终这方碑刻仍然去向不明，下落成了一个谜。

当我们试图去深入探索一件事情原委的时候，常常会遇到一种情形，无论是纸张承载的书籍文献，还是镌刻在石碑上的碑文，都有可能消失，文化传承的脆弱性可见一斑。

碑刻下落的追寻不得不暂且停了下来，唯一值得庆幸的就是碑刻内容还是被保留了下来。尤以《傣族社会历史调查·西双版纳之三》记述得比较完整，我们将其转引如下：

管理易武一带地方钱粮茶务军功司厅伍为给照以专责成事。

照的漫撒、蛮别二寨，路当孔道，自三十年军兴以来，往来夫役络绎不绝，该夷民等难以支撑门户，故逃亡死绝者颇多。一应贡项茶斤以及钱粮夫役门户，年年掣肘，不能办理。及至本司厅任事以来，惟饬责该寨头目卢浩勉力支撑顶办，延至于今，而该目卢浩身故，所有钱粮门户无着。兼以贡项茶斤关系甚重，日复一日，该二寨茶园无人采种，茶株尽绝，咎将谁归？本司厅亲临踏勘，漫撒寨头目者昔京禀称：漫撒夷民逃亡死绝者甚重，近今夷民仅有十分之一，实难顶理。况夷民茶园俱已当卖与客户多年，恩恩主令漫撒客首尚文辉与众客户等，将每年贡项茶斤照亩均，钱粮夫役门户递送公文等项，一切照夷民十户分担。

庶漫撒现在之夷民，得以稍微更苏等情。本司复查，若不再为区划，不惟贡项茶斤夷民难以酬办，即钱粮夫役门户递送公文无人办理。合行给照，为此仰客首尚文辉遵照。即便传谕客户，所有贡项茶斤照亩上纳，钱粮夫役门户公文等项，照夷民十户分派办理，以作土著之例。至若茶园，各宜上紧修理栽培，输纳贡项。此后不准夷民赎取，一应□□□□公同收办，填补公费，不准汉夷私自侵蚀，遵照章程协力同办。慎勿营私疏忽和阳奉阴违，一经本司查出，法不宽容。至该管汉夷茶户，如有不听约束，不从公事者，指名票报，以便提责不贷。凛遵毋违。特照。

计开

一 贡项茶斤照亩上纳，其钱粮夫役门户，往来公文一切等项，照十户轮流，不得玩延抗拗误公。如违，重究不贷。

一户 者板

一户 卢者京

一户 尚文辉 黎配恩

一户 袁备采

一户 何士元 何应起

一户 李文倮 徐沛

一户 武封臣 陈宽 翟显武 翟居渭 李文 李胜龙 李元泰

一户 董文卓 苏联英 李登科 郭林风 王洛 黄耀彩 卫阿老 萧卓

一户 李昭梅 卫云泰 武尊仪

一户 马琦 彭在林 胡凤彩 马弘德 马毫 安邦豪 陶国民

以上十户，遵守章程，协力办理一切公件，如违重责，决不姑宽。

右照给漫撒、蛮别客首尚文辉同客户等收执。

乾隆五十一年二月二十六日

同上面这方碑刻相对应的是易武茶文化博物馆藏的另一方碑刻。看得出馆藏的这方碑刻曾经受过损坏，从中间部位折断成两截，馆方尽力将其恢复原貌，拼合镶嵌在一起展览。断碑前半段镌刻的就是车里宣慰使司下发执照。所幸其文字内容大都保存完好，其内容如下：

执 照

车里军民宣慰使司宣慰使刀　为给照事

照的漫撒一寨，路当孔道，往来供应纷繁。前被奔缅等匪跳梁，百姓奔散逃亡，户口寥寥，虽据该管伍弁随时招来，而日就凋残，不能支撑。掌事头目卢沛、卢浩又接踵而亡，无人顶理，以至（致）茶园荒废，贡典缺额。当经该管伍俊设法，饬令寄住客户帮纳贡茶钱粮及应办夫马门差徭役等件在案，兹据该抚孤伍俊禀称：历经多年，尚无违误，求请给委以专责成前来本司。

例查：汉民不许入境盘踞，但亲临查勘点问，土著实属稀少，不上十人，难以供办一切，情有可原。合就给委为此牌，仰漫撒、蛮别大小两寨寄户尚文辉等遵照，即便悉照伍弁前定章程，汉夷十户顶办贡茶，上纳钱粮，供应夫马门差徭役防隘充练等事。如果实力奉行，听公守法，毫无贻误，再为造册，详请上宪附入版图，以招投向。倘敢阳奉阴违，欺挟夷民，不听管束，定即从重究治，驱逐递解，决不姑宽，凛之勿违。须至执照者，其钱粮，每年所砍谷地多寡，按照门户旧例收取，完纳毋违，再照。

右照给漫撒、蛮别寄户：郭林风、尚文辉、翟居位等准此。

乾隆五十四年十二月二十四日给司行限□□□□□日缴

倘若将乾隆五十一年（1786）碑刻与乾隆五十四年（1789）两块执照碑刻内容加以对照不难发现，两块碑刻内容所记是同样一件事。通过反复阅读解析碑刻内容，并以相关文献加以佐证，可以梳理出时间脉络，从而尝试还原其所处时代背景下执照碑事件的原貌。

乾隆二十八年（1763）至乾隆三十四年（1769）间，清廷与缅甸之间连年征战，在付出了惨重代价之后，双方相互妥协达成停战协定。此后，虽然车里军民宣慰司内部不时有冲突，但整体上社会环境渐趋稳定。频发的战乱造成茶山夷民流离失所，农耕社会对人力资源依赖深重，茶山主政者只得招募外来汉民填补空缺。客首尚文辉等客户在漫撒、蛮别寨开垦茶园、种植茶树，代夷民顶办贡茶、钱粮、夫役等项。承担责系多年后，开始争取自身权益。先是由易武土司发给执照，继而由车里宣慰司发给执照确认。执照条文明确告知：遵照章程，顶办贡茶，上纳钱粮，供应夫马门差徭役防隘充练等事，如果实力奉行，听公守法，再为造册详请上宪附入版图，以招投向。是故这两个执照都具有临时性质，所以被命名为"漫撒寄户临时执照碑"。

当我们回顾雍正、乾隆两朝的历史不难发现，车里军民宣慰司土地上正在发生历史性的变革。雍正七年（1729），云贵总督鄂尔泰厉行改土归流。雍正十三年（1735），云贵总督尹继善推行善后事宜，将车里军民宣慰司治下十三版纳拆分，其中普藤、勐旺、整董、勐乌、乌德等划隶宁洱县，车里、六困、倚邦、易武、勐腊、橄榄坝、勐遮、勐阿、勐笼等划隶思茅厅。采取流土共治的方针，由流官管土目，土目管土人，并在车里宣慰司治下采取分封制。各级土司接受清朝册封的同时，还要取得宣慰司的认可和加封。生活在车里军民宣慰司的各族人民遭到了土司、流官政权双重盘剥。

土司政权封建领主治下的农奴制度正如傣族谚语："水和土是领主的，农奴种田出负担，买水吃、买路走、买地住家，死了买土盖脸。"相比而言流官政权治下的地主制度，代表的是先进生产力。二者有着本质不同，冲突几乎是必然发生的，历史潮流无可逆转。

至迟在雍正年间汉族已经进入茶山经商，前期商贸重心位于倚邦土司治下的各大茶山，乾隆六年（1741）的《蛮砖会馆功德碑记》就是明证。后期逐步转向易武土司治下的漫撒茶山，乾隆五十四年（1789）的《漫撒新建石屏会馆碑记》给出了佐证。由易武土司、车里宣慰司分两次下发的漫撒寄户临时执照，意味着土司治下的土地制度正在遭受外来势力冲击，开始有了向地主制度转变的倾向，时代变革的帷幕渐渐拉开。

雍正《云南通志》记载："本府新设，俱系夷户，户并未编丁。衣食仰给茶山。"道光《普洱府志》记载："思茅厅，土著1016户，屯民2556户，客籍3105户。"屯民和客籍都是外迁来的汉族人口，已经大大超过了土著人口。五方杂处，仰食茶山。

正史的记载，往往侧重于面，或者是宏大叙事。而茶山留存的碑刻，往往侧重于点，多数是微小事件。恰恰是看似不起眼的微小事件，预示着时代变革，由点滴之水汇成涓涓细流，终成洪流，裹挟荡涤一切阻隔奔向前方。身处历史长河里，往往只能窥见点滴之水映衬出的光芒，回顾历史变迁，才能看清楚时代潮流。

　　环视当下，当我们置身茶山上，行走在茶园里，不禁要思忖：茶树根植的土地，既是茶树的生存土壤，也是世代赖此为生的茶农命运之所系。人与土地之间既相互依存，又共同承受磨难。大时代背景下诸多微小个体命运的起伏，都是这个时代的真实写照。那是属于我们生活的这个时代，人与茶之间，人与土地之间的故事，留待将来的人去评说。

历史篇

普洱六山记

易武永安桥碑背后的故事

易武永安桥碑

过往入六山访茶，最大的感受就是行路难。时至今日，虽然云南年年在基建上投入巨资，连通六山村寨之间的县乡道路交通条件都已有了极大改观，但与中原地区四通八达的路网相较，仍然不可同日而语。

每逢茶季搭乘飞机抵达西双版纳，都早早预定好租赁公司的越野车。开车前来接机的小伙子干练老道，于是向他打趣道："你们还是在停车场大树底下办公吗？"小伙子笑得欢脱："今年条件好了很多，有了办公用房。"等我们见到办公用房的时候，实在是忍俊不禁，这明明就是停车场收费亭的规格。这也难怪，寒暑怨期的热带雨林，树荫下就地办公殊为便宜。而今能有个遮蔽风雨的亭子，已经是让人幸福感爆棚了。为了稳妥起见，能租到大排量越野车，就不会为了节省费用选择油耗低、动力偏弱的小排量车，这是十多年来入山寻茶积累下来的宝贵经验。

多年来开车跑茶山，主驾马博峰已经从青涩新手蜕变成了而立之年沉稳的老司机。越野车、老司机是行走茶山保障安全的不二法门，即使如此，也还是要打起十二分精神，容不得丝毫轻慢。前方有令人悠然神往的茶山，脚下却是崎岖坎坷难行的山路。

我们又一次来到易武镇，穿越街道上熙熙攘攘的人流，右拐沿易平街往大天井走。脚下易平街的路面几经改造，如今已经是人车混行的水泥路，大天井也成了青石板铺就的平坦广场。武庆街、老街子的路面都还保留着旧有石板道，高低起伏并不平整，且被磨得十分光滑。常年生活在老街的居民，行走在石板道上浑似闲庭散步，悠闲自在又惬意。这愈发让人感慨，穿越时光，往来茶山行走在石板道上的人们，与这路之间又有多少故事？

我们走进易武茶文化博物馆，一次次俯下身去仔细阅览那过往岁月遗存下来的碑刻文字，在字里行间寻找线索，循着碑文内容的指引，重新揭示文字记载背后的往事，品读这茶山厚重的人文内涵。

眼前的这方碑刻呈长方形，用水泥将左右两端加以修复并固定在底座上，碑额上镌刻着三个字"永安桥"，碑记内文将造桥缘起、过程等人事详加记述。通过文献资料查证解析后，一个茶马古道途经磨者河造桥的故事浮出水面。《永安桥碑记》内文如下：

自古穷崖绝巘、蛮烟瘴雨之乡，为兽蹄鸟迹之所经。一经拨兑而跋涉、而负载、而贡赋，亦于是乎出凡此，皆利有以使之也。云南迤南之利首在茶，而茶之产易武较多。其间山径之蹊间，向之崎岖险阻者，今成孔道。独由倚邦至易武中隔磨者一河，峰旋谷应，当夏淫秋霖波涛泛溢，飞流迅湍中，舟渡绳行均无所可。而又沿河上下燥湿不和，商旅之出其途者，不再循而成狭、岁而成忧。思城贡士赵勉斋过其地，深悯历涉之艰，邀同人王贺慨出白金三百以为首倡。复念工程浩大，诚恐附托非人，转商之荣曾武弁伍君。伍闻而义之，锐然以将作自任。伍之母氏房亦喜其子之见义必为也，爰倾厅藏内帑以助之。于是□□之亲为思过半矣。继而赵君来谒,为余备道其详,且曰此事非伍之独力所能支也,请酌议所以成其终始者。适伍弁来□请,以该路商民道,照茶担出山日,每担抽收银五分以资工费。俟大功告竣再行停免。予因是窃思郑子产有乘舆济人之事,子舆氏讥之,谓其惠而不知为政令。予之惠不及子产,而两君之举,徒杠舆梁兼而有之,固王政之大经也。刊易武至倚邦,实国家采办贡茶所必由之道,官斯土者,胡可听其往来艰危而不一蹰及乎哉?用是刊示茶山并捐□以助旬有数月矣。一日,有瞿生名树旗偕孝廉封君名奏凯求见,进而询之,封曾捐谷四十石,瞿生亦常往来茶山而知兹事。据言兹事之成功有日矣,然而用力之多、靡费之富,拮据亦已甚矣,不可不为坚固久远计也。咨禹铸鼎象神奸,使民入川泽山林不逢不苦。磨者一河,其□仗疵而水流毒袭,昔之病涉者必非无由是,或者诸不若之物盘踞其中,彼其顽梗之咨、杰敖之性类,足以喷沫激浪、鼓鬐扬风。而又适当草木畅茂之地、禽兽繁殖之区,洵莫禁其,凭之而为祟也。斯桥之成,诚畎为坚固久远计,非仰荷潮延声灵,有以镇抚之不可。兹所亏者,予之头衔,并祈叙之巅末,许之具呒以告后之来者。固不徒为重事人,矜功伐善也。其所持者甚正,所见者甚微。予稔知非好事者爰如所请,并次其言而缀识之。因名其桥曰永安,非直曰一劳而永逸,尚冀后之熙来攘往者,瘴疠潜泊云。

道光十年岁在庚寅仲春月上浣特授思茅同知留任候升长白成斌撰

思茅抚夷府正堂成	捐银四十两
世袭车里宣慰使刀	捐银三十两
思茅贡士赵良相	捐银一百两
世袭倚邦军功司厅曹铭	捐银三十两
协办倚邦军功司厅曹挥廷	捐银二拾两
倚邦通山首目	捐银十两
石屏王乃强	捐银一百两
石屏贺策远	捐银一百两
石屏何镛	捐银六十两
石屏何超	捐银五十两

道光十六年仲春月下浣立

通览碑文，其中有两个重要的时间节点。一是道光十年（1830），思茅同知成斌撰写了碑记。二是道光十六年（1836），永安桥竣工后立碑以记其事。

仔细研看碑记内容，整个事件都是围绕修建永安桥展开的。语言精练，内容丰富，情节动人，是一个完整又生动的故事。

碑文开端记述建造永安桥的缘起。道光年间易武业已因茶而兴，而横亘在易武与倚邦之间磨者河的梗阻效应愈加突出。

遭逢夏秋雨季尤为困窘，船渡涉水皆不可行。农耕社会时期，遭逢雨季洪水来袭，河流变天堑并非罕有之事，岁而成忧。来自思茅城的赵良相、王贺提议在磨者河上建桥，并且捐银一百两作为底垫。并为此专门与易武土司伍荣曾会商，伍荣曾不仅以建桥为己任，连带其母房氏也受其感召捐出内用之资，鼎力支持其子的义举。

碑文中段记述建造永安桥的筹资措施。赵良相晋见思茅厅同知成斌，将意图建桥之事作了详细禀告，认为这不是易武土司伍荣曾所能独立支应的。伍荣曾也考虑到了这一层，拜见上司成斌，提议以过往商民货物按担抽收费用作为建桥工费，待桥梁建成后停收。这实际上属于集资建桥，收费偿工，显然会加重地方负担，即使有了收费方法，也还是需要有一个冠冕堂皇的说辞，来说明所收费用的用途及意义所在。为此，成斌引用了《孟子》中的一个典故：这是曾经发生在现今郑州市下辖新郑市的典故，说的是子产主政郑国，用自己的专车帮助别人渡过溱水和洧水。孟子评论子产施惠于人却不懂为政之道。如果修建桥梁，可以解决百姓难题，官员做好政事，出门鸣锣开道都可以；如果为政者讨好每一个人，时间就不够用了。成斌自述自己施惠于民不如子产，转而盛赞赵良相、伍荣曾建桥之举，"徒杠舆梁兼而有之"。"徒杠"意指供行人过河的桥，让人不免联想起独木桥；"舆梁"意指可以供车辆行驶的桥，或许类同赵州桥。可见永安桥设计建造的规格较高，兼顾了行人、车辆通行，更符合为政之道。成斌认为倚邦至易武之间是国家采办贡茶之道，作为主政一方的官员，不可坐视往来之人艰难不管。因此，成斌将收费偿工之法刊示茶山民众执行，自己也捐资以助。

　　碑文下段记述了建造永安桥的意义。有一天，翟树旗与孝廉封奏凯求见，成斌在谈话间得知封奏凯曾捐谷四十担，翟树旗经常往来茶山也知道这件事。两人认为建桥耗时长、用工多、花费大，各方面都紧张得很，需要有长远的打算。成斌行文力图说明建造永安桥的意义重大。他引用了《左传》中的典故"鼎象神奸"：鼎象，相传夏禹时以百物之象铸于鼎，使民知善恶；神奸，能害人的鬼神怪异之物。并且化用了《论衡》语句："安能入山泽不逢恶物，辟除神奸乎？"为"使民入川泽山林不逢不苦"，将磨者河之所以难渡，力涉者患病之由，归咎于河中有"不若之物"盘踞，其地处草木畅茂之地，凭任禽兽作祟。这种描述总是令人不禁联想到《西游记》中唐僧师徒西天取经过程中遭遇的情形。由此不难猜想，过去之人在野外行旅途中各种凶险莫测的处境，也不难理解过去之人因何将其归咎于鬼怪了。他以为永安桥修成后长固久安之计，不能仰仗生灵，而当有意加以镇抚。并摆明自己的职衔，告知后来之人，此举不徒为只重人事，夸耀自己的功劳和才能。

　　在洋洋洒洒详述之后，成斌将其桥命名为永安桥，并非直白地认为可以一劳永逸，而是提示以后熙来攘往之人，这里是瘴疠之地。

　　成斌撰写碑文落款时间为道光十年（1830）农历二月上旬。

《普洱府志》中有关于成斌的记载：满洲正白旗人，举人，道光二年任。道光十年，成斌撰写过碑记后，即调任普洱府知府，思茅同知由他人接任。

出资捐建永安桥的人名字被镌刻在碑文之后，落款时间是道光十六年（1836）二月下旬。造桥时署任思茅厅同知成斌捐银四十两。紧随其后的是归属思茅厅管辖的车里宣慰使刀正综捐银三十两。建造永安桥的发起人赵良相捐银一百两，修道路、建桥梁历为其首倡，其又好捐资助学，在方志中留下了记载。捐资名单中有倚邦土司曹铭捐资三十两，应当是其生前之事，其子曹瞻云在其过世后于道光十五年（1835）承袭土职。相较于大小官员，石屏商人有强大的资本实力。仅仅只是罗列出来的数额就有五百五十两。捐资人中没有同为首倡之人的王贺，也没有易武土司伍荣曾之母房氏，难道是承诺的资金最终并未落实到位？这当然只是一种猜测而已。

从道光十年至道光十六年期间，为了能够在磨者河上建造一座桥，可以说是兴师动众、大费周章。牵涉了众多人物，有思茅厅同知成斌、车里宣慰使刀正综、易武土司伍荣曾、倚邦土司曹铭等一干大小流土官弁，还有附贡赵良相、王贺、翟树旗、武举封奏凯等思茅地方头面人物，亦有石屏籍商人王乃强、贺策远、何镛、何超等人。可以说是汇聚了官商士绅等各方面的力量，共同出钱出力，历经七年的漫长时间建成了永安桥。孰料想成斌一语成谶，永安桥没能一劳永逸，不数年后就被洪水冲毁，无数人心血凝结的成果付诸流水。

这在当下人看来几乎难以想象，磨者河河道并不宽阔，更非深水激流，平素往返无数次，几乎都不曾多加留意这条平淡无奇的小河。当回顾这段历史后，再度经过磨者河时，我们特意停下车来，驻足远望，青山依依，流水潺潺，岁月几乎将一切旧日痕迹荡涤得干干净净。

往返六山访茶多年，同行寻茶的人换了一拨又一拨。每次入山的行程中，新来者都满怀热情，沉迷于茶山风土人情，未知的一切似乎都充满了神秘感。每次离开茶山，眷恋难舍的同时，更多是收获与满足。甫一返回景洪市区，回到熟悉的城市生活节奏里，扑面而来的都是繁华的市井气息。于是无不欢欣鼓舞，毫不犹豫投入熙熙攘攘的人海中。或许，人们向往的茶山生活，只存在于诗意的想象之中。或许，茶山之行，只不过是为了短暂休憩。终归，茶山上来了又走的人们，还是会回归现代城市生活。

笔者喜欢住在澜沧江畔的酒店，放下出入茶山的行囊，洗却满身疲惫，惬意地卧在阳台躺椅上。一个人、一卷书、一盏茶，俯瞰不远处的澜沧江，一桥飞架南北，江面上游轮来来往往。文字记载的历史与鲜活的当下，如同河流中的浪花，逝者如斯夫，不舍昼夜。

历史 篇

普洱六山记

易武断案碑背后的故事

易武断案碑

彩云之南，美丽的西双版纳，掩映在热带雨林深处的六大茶山，让无数人为之着迷。古茶园、茶马古道、老茶号，那是过往年代之人在这片土地上书写下的史诗。

易武山，在六大茶山中晚起却名播天下，深受爱茶之人青睐。连续十年访茶易武，感觉恰如弹指一挥间。每一次到访，都收获满满；每一次离开，又生新谜团，吸引我们不断去探索、去解读这座厚重大山隐藏的奥秘。

易武老街，每年都在变化。老街大天井边上的易武茶文化博物馆，我们也亲眼见证修缮了多次。这座边疆小镇上屹立的茶文化主题博物馆，将散落在茶山各处的碑刻收拢至此，供爱茶之人观瞻。每一方碑刻的背后，记录的都是一段鲜活历史。

易武茶文化博物馆收藏的碑刻中，有一方碑刻引人注目，碑额雕刻着精美的浮雕，抬头四个大字"永远遵奉"，正文阴刻的小字，虽有残损，但大多数清晰可见。通览碑刻内容可知，所记是一段民事判决的前因后果，是故被称为"断案碑记"。碑记内容如下：

断案碑记小引

窃维已甚之行，圣人不为，凡事属已甚，未有不起争端也。如易武春茶之税，每担收一两七八钱，已甚曷极。故道光四年，兆约同萧升堂、胡邦直等上控，求减至七钱二分，似于地方大有裨益。乃道光十七年，兆之二子张瑞、张煜幸同入庠。兆到山，浼易官谕，茶民帮助些个，似合情理。奈王从五、陈继绍不惟忿恿易武不谕，且代禀思茅罗主，差提刑责掌责收监。伊等又伙党暴虐，额外科派，概至不论。故兆又约同吕文彩等控，经（迤南道胡大人蒙批，仰普洱府黄主讯断全案烦冗，将详道移思，札饬易官，遵奉缘由，勒石以至不朽云。

谨将署普洱府正堂黄主详上移下文叅定章录刊于左。

查此案，前经敝署府审看，得石屏州民人张应兆、吕文彩等先后上控易武土弁伍荣曾、字识、王从五、陈继绍等年来诡计百出，伙党暴虐，额外科派各情一案。缘张应兆、吕文彩等，均隶籍石屏州，于乾隆五十四年前宣招到文彩等父叔辈，栽培茶园，代易武赔约贡典，给有招牌已今多年无异。前茶价稍增，科派尤轻，可以营生。近因茶价低贱，科派微重，张应兆等即以前情赴宪辕渎控，奉札下府，遵即移提案证，逐一查讯条款内容。土弁字识等，折收贡茶，系奉思茅厅谕该首目，以二水充抵头水茶，本年剖银三百两，系买补头水茶，嗣后永行禁革。易武私设刑具，讯系管押罪人，但不得妄拿无辜。其抽收地租，仍照旧例，易武一寨上纳土署银二钱，以作土官办公养膳，一钱存寨内办公。如该土弁赴江、赴思，夫马照旧应办，仍帮供顿，银三十两。自曼秀至曼乃各寨，仍照旧上纳土署银三钱，赴江、赴思夫马供顿使费，以及吃茶四担，各寨揉茶银十两，祭龙猪四口，水火夫一名，永行禁革。易武土弁，因公出入，夫不得过二十名，马不得过十匹，该土弁无事不许出寨，及黑夜行走，遇有公件，许用火把夫二名，马一匹。如遇江上派款，仍照例通山分剖。由思、由江回署，各首目拴线，只许用鸡酒、银镯听其民便，不得苛索。酒课每年每个瓶子，上纳三分，不许任意派收。又加派茶价银五两减免，不得派收。该土弁有事需银借贷，听其民便，不得逼借。至通山应办江干银三百三十三两三钱三分零，差脚尾巴银三十三两三钱三分零，照旧办理，责成各寨客会首收。发通山站所，听其民自裁改。又李洲、李渭弟兄三十七两，讯系李洲畏烟瘴，央王从五等雇人抵李洲赴江工银。黄金熔银二十两，钱四千文，讯系因张占甲扳扯张义成。银四十两，讯系使用大戥子。又贾小四诈车上驷银十两，讯系因张应兆父子住车上驷家，车上驷畏罪给贾小四之项。均已罚入庙内，修庙修路，并将土差贾小四责惩，俱已遵断具结存案，请免置议。缘奉批饬，理合将讯断缘由，具文详请宪台俯赐，查核批示销案，实为公便等情，奉批查此案。既经该署府提集，原被（告）人讯断明确，两造俱已允服，如详准其销案。叩即查照，并移思茅厅知照此缴，等因奉此，当经移知前厅，饬遵办理在案。兹奉批前因，合再录看，移知为此。合关贵厅查照，讯即札饬该土弁遵办，毋得玩违。该民人等，亦毋借词觊抗，均干查究。切切，须至关者。

道光十七年十二月十二日移思，至十二月十七日札饬易武，内云该土弁勿得再行违断滥派，并将遵断缘由先行据实禀复核夺，奈王从五、陈继绍硬不代禀，恐日久仍蹈前辙，因立碑为记。

道光十八年岁在戊戌孟冬月望十日张应兆合寨立

易武茶文化博物馆的工作人员很贴心，誊抄碑刻内容张贴其后，方便人们阅读。我们还是按照自己的固有习惯，将誊抄之文与原碑刻逐字逐句校对，反复查证之后加以解读。

《断案碑记》讲述的是一个非常完整的民告官事件，这实际上非同寻常，放在我们生活的当下都不常见，更别说是在清王朝的封建统治之下。这起民告官事件发生在道光年间，石屏籍的张应兆等人，为了争取正当权益，屡次将易武土司及其从属上告至各级衙门。从判决结果看，于张应兆一方更为有利，所以将事件的前因后果，以及判决内容，全部镌刻到石碑上，以期官民共同遵奉。

《断案碑记》"小引"简述了事件前因，围绕易武春茶税收，张应兆约同易武石屏籍茶户，在道光四年（1824）曾上告要求减税。至道光十七年（1837），复行要求易武土司遵照前断减税措施。易武土司属下反而先发制人，禀告时任思茅厅同知罗登举，将张应兆等人收监掌责，此外更是变本加厉额外科派。张应兆等继续上控至迤南道，胡启荣批复由普洱府重新主审，道光十七年起任职普洱府知府兼思茅厅同知的黄中位将案件进行了复审。《断案碑记》中间一段的记述，全是判决结果。碑记最后记述的是普洱府将判决结果转至思茅厅，再由思茅厅下发给易武土司。直到道光十八年（1838）十月二十日，张应兆合寨将围绕判决前因后果及判决内容勒石立碑，期望易武地方官民共同遵守。

我们先看判决书涉及的主要内容：其一主要是围绕茶产生的纠纷。胆大妄为的前思茅厅同知罗登举指示易武土司以二水茶充抵头水茶上贡，事发后被责令改正。易武、曼乃、曼秀等各寨抽收地租给土署交纳的办公费照旧例，加派茶价减免，不得派收。收取各寨揉茶银、吃茶四担禁革。其二是围绕税费、办公费用、人力使用的纷争。遇到宣慰司、思茅厅派款，易武土司因公赴思茅厅、赴车里宣慰司，税费、差旅费用由各寨分担。公干后回署，允许以傣族习俗"拴线"的名义吃鸡酒，不得苛索银镯，因公行走，夫马人员数量有限制等。其三是围绕土司及随从权限制约。裁定易武土司及从属不得私设刑具、妄拿无辜，不得借机贪污、讹诈、诬告，不许逼迫借款等。判决结果知会思茅厅前任同知罗登举，下发至思茅厅、易武土司遵照执行。

循着《断案碑记》给出的线索，我们通过道光《普洱府志》查证出了时任迤南道胡启荣、普洱府知府兼思茅厅同知黄中位、前任思茅厅同知罗登举，以及易武土司伍荣曾等官员的名号，加上原被告众人的姓名，勾勒出一个时段的众生相。

原告张应兆、吕文彩等人，其父叔辈在乾隆五十四年（1789）之前接受招募来到易武垦种，已经获取了土地招牌。年景好的时候，尚且可以营生；年景差、税赋重的时候，以民告官，争取合理权益，看似简单，实际上并非易事。好在石屏籍客商素来能抱团，建造会馆等事项就是明证，并且在家乡拥有较为雄厚的政治资本。有清一代，石屏籍官员辈出。自身也比较重视家族人才培养，张应兆二子张瑞、张煜在道光十七年共同考取了入政府官学的资格。作为拥有土地所有权的石屏籍客商，实际上具有封建地主的特征，有相对较好的经济实力。正是拥有了多重资源支持，才能够将易武土司一路上告至上级主管思茅厅、普洱府，甚至是迤南道。并且在最终判决中，为自身群体争取到了比较有利的判决结果。

从道光年间的记载来看，围绕车里军民宣慰司的继承权纷争不断，社会环境并不安定。以易武土把总伍荣曾为代表的土司政权，本质上属于封建领主经济，与以石屏籍客商张应兆等为代表的封建地主经济存在天然冲突。随着地主经济发展壮大，封建领主经济逐渐走向式微，这是历史发展的必然规律。《断案碑记》恰巧记述了时代不断转折过程中的这一事件，成为波澜壮阔宏大历史叙述下的小小注脚。

政治、经济生活原本就是密不可分的，茶产业的发展，有赖于社会安定、政治清明。这对于道光年间张应兆等石屏籍客商，几乎就是不可能实现的一种奢望，只能在时代的洪流中不断挣扎，最终消失在历史的长河里，成为铭刻在石碑上的一段往事。

每每将思绪从过往的时空中剥离出来，回归到我们生活的这个时代，想必大家会对当下生活有更为深刻的认知。活在当下，认真过好每一天，不辜负我们生命中的每一刻，或许才是最好的选择。

喜欢入易武山寻茶的日子，每天清晨醒来，推开窗，层层叠叠的云海映入眼帘。云雾中的茶山若隐若现，如梦似幻。行走在易武的街道上，人流熙熙攘攘，充满了勃勃生机。南来北往循茶香而至的人们，在茶季云集于此，茶季过后还诸各方。这是人与茶之间无言的约定，年复一年，书写出高山流水般的情谊，在每一个爱茶人的心间，默默流淌。

历史 篇

普洱六山记

易武二比执照碑
背后的故事

易武二比执照碑

入六山寻茶，令人着迷的不独有一山一味之茶，还有人与茶之命运休戚与共的故事。曾经散落在茶山各处的碑刻，如今大都被妥善安置在易武茶文化博物馆里，每一方碑刻都记录着六山土地上真实的历史事件，将过往和现实连接在一起。

坐落在易武老街大天井边上的易武茶文化博物馆，收藏有一方题刻为"执照"的碑刻。就碑刻本身来看，应该是曾经断裂成三块，经过修复后被固定在水泥基座上的。碑刻上的文字经历漫长岁月的风雨侵蚀，有些已经漫漶不清，所幸大部分文字还可以辨认出来。通过逐字逐句与原碑文对照，并且反复通读碑文内容，一连串的往事浮出水面。

碑文记述了易武、易比两寨之间的民事纠纷以及解决办法，文中将易武、易比简称为"二比"，为了行文方便起见，我们尝试将其命名为"二比执照碑"。碑文中从右至左先后出现了四个时间节点，时段跨越了道光至光绪年间，核心自始至终都是围绕解决易武、易比两寨之间民事纠纷的协定。

我们先来看一下二比执照碑中第一段文字内容：

世袭管理易武一带地方钱粮事务司厅□□□照遵给照事照的：

易比一寨蛇年民追蛇，挑衅人民四散，地方已行废弛，茶园已就荒芜。于嘉庆初年复招抚民人在寨承办总务,立令支应署中水火夫一名,上纳吃茶二担,以该民等领摘。茶园尽系荒芜,难以支应,屡同易武兴讼控争地界。本厅爰将该寨拨付大寨一体完纳,贡典、钱粮、江干公委该寨,驿站裁归易武总站。应办所有向来支应,署中之水火夫及吃茶一切豁免,合行给照。为此众仰该寨民人高应灿、孙占元、陈步周、王辉、王备、吴文龙、高玉□、李接云、张接伦、余登富、李天受等遵守,所有现时开报之茶园,大小五十八块,准该民等陆续培植。领认亏亩六十四亩五分,协同大寨按照亩数一体应公,已定□亩不得增减。若除五十八块之外,该民等另行有力新增,应另丈量亏亩,不得隐混滋蔽,切切。特照遵。右照给易比民人高应灿准此。

　　道光二年正月二十二日给厅行永远遵照

　　上述这一段的内容是易武土司伍荣曾的裁定结果,被郑重其事地刻在碑右侧部位。让人费解的是开头"蛇年民追蛇"的语句,似乎隐含有特别的寓意。与其时间相符的是农历丁巳年嘉庆二年(1797),这一年到底发生了什么?我们为此进行了查证。《版纳文史资料选辑》第一辑中的相关记载给出了答案:一直觊觎车里宣慰使任命主导权的缅甸木梳王,在清廷敕命刀太和于嘉庆二年接任宣慰使后,另行伪封刀召厅为宣慰使，遭到拒绝后兴兵入侵车里。这场战乱很有可能波及易武，造成人民四散、地方废弛、茶园荒芜等后果。作为车里宣慰使的下属，易武土司伍荣曾可能出于为尊者讳的缘故，用隐讳的词语来表述。战乱后复行招募到易比、易武的外来民人，历经嘉庆朝至道光初年，围绕茶园开垦、贡典、钱粮、江干等问题，二寨之间纷争不断。易武土司伍荣曾为此进行了裁定，将结果交由易比民人遵照执行。

我们再来看一下二比执照碑中第二段文字内容：

立当官议合约人：易武肖肆堂、李国重、杨和举、李顺、李位来、李畅元、萧如桐、李佐唐、余士有；易比高应灿、王辉、孙占元、陈步周、李接云、余登富等。原易武、易比虽属大小两寨，其实地土相连，而各寨出派诚有难支应之势。因此易武人户渐众无处栽培，侵占易比地界砍伐，而争端具控，府滚蒙恩批即。

本官询质禀复，以凭销案。兹二比当全允服议和，两寨并为一寨。所有江干钱粮，按照两寨门户摊派至易比。目前现有之新旧茶园，公同复勘安插亏亩。附入易武大寨照亩均摊，协同一体完纳贡官应办夫马杂项公件。其有荒山地界砍上砍下，任两寨有力者砍伐、栽植茶园，入帮众寨，不得各寨隐匿私吞，一经查出，禀官究治。若此寨之夫马站□议归易武应办，凡有送下撒袋者，易武承办送下；而撒袋送上夫马，恕只送到易比即止，易比须帮送上易武。应夫几名，马几匹，计薄后算，除扣公帮。又正五九庆祝大帝圣诞，两寨俱要济集同办，不得推缩。但二八月各寨祝贺，所费若干各自出派，勿许抵扯。自议和之后，凡寨中事务总归易武客长应办，易比只按户头，一人提调，一人经理催收，不得再以会长分别。此系二比心平气和情缘当官写立合约，照应各执一张，永远遵守为据。

合约字照凭中通山客长张国栋、刘勤修、马有才、刘润、刘体良、陈履谦、杨广成、高应灿、李畅元、余士有、王辉、余登富、李接云、孙占元和陈布周。

道光元年九月初二日，立议合约人萧升堂、李国重、杨和举、李顺、李位东、李位堂和萧如桐。

第二段文字内容可以视为第一段裁定书的附件，在下发裁定结果前一年，时任易武土司伍荣曾对易武、易比二寨民人代表进行了调解，并且主持签订了合约，合约双方代表以及证人等参与者的姓名都一并加以记述。从调解结果来看，二寨被并为一寨管理，江干、钱粮按门户摊派，茶园按亩摊算，共同完纳贡官应办夫马杂项公件。鼓励多劳多得，任两寨有力者砍上砍下开垦茶园，但要承担税赋。外来汉族将他们的信仰一并带到了茶山，尤其是作为官方典祀与民间俗祀双重推崇的关帝祭祀得到了明文支持，要求两寨协力共办。两寨自己的祭祀各自办理。协议条文涉及方方面面，规定明确又具体。

二比执照碑第三段文字内容如下：

道光三年二月初二日，易武易比合寨公同妥议：勿论摘园、贸易、种地门户，不拘多寨，凡香火公帮按门户均摊，不得抗拒。如有抗拒者，公所处治。每年议定帮易比香油一百斤、香面、条香以及侍奉香火工银六两；每季二八月初二日领，香油五十斤作银三两五钱，条香工银三两，不得加减；一遇有赴易比聚会之人，凡钱粮、江干、公帮、香火，系易比会长户头按户收交，不得推诿。

第三段文字内容记述的是易武、易比两寨公所共同制定的条文，主要是对道光元年易武土司主持双方制定官议合约以及道光二年易武土司下发给易比的裁定书落地执行要求和细则。

二比执照碑第四段文字内容如下：

光绪十七年三月十五日，财神、山神、圣诞公同酌议，恐粉匾朽坏，刻碑为据。

会首王祖发，合约人李福生同众立。

结尾的第四段述说了立碑缘由及时间。可见从道光初年经历了咸丰、同治直至光绪年间，易武、易比两寨一直延续了既往的协定。

六山留存至今的碑刻中，记述时间跨度长的二比执照碑蔚为独特。无论是道光元年（1821）的官议合约，道光二年（1822）易武土司的官方裁定书，道光三年（1823）公所条例及光绪十七年（1891）酌议立碑，当时之人考虑的都是能将其遵照执行下去，着眼点在于解决时下问题。想必先前之人也没能预料到，他们无意间记录镌刻下了一段历史，为我们了解清代茶山风土人情留下了极为宝贵的真实资料。

倘若我们将视线集中在碑文中记载的嘉庆二年（1797）至光绪十七年（1891）间，一连串流动的历史画面就会浮现在眼前。车里宣慰司任命主导权纷争导致的战乱殃及易武茶山，为了恢复茶山的生产生活秩序，须招募外来民人进入茶山。从嘉庆朝至道光初年，外来人员增多、人口繁衍导致人多地少的矛盾上升，易武、易比两寨之间纷争不断。在易武土司主导下，两寨之间达成官议合约，易比接受官方裁定，两寨公所酌议细则落地执行。此后，经历了咸丰、同治直至光绪十七年，两寨民人遵照执行。虽然仅仅涉及易武、易比两寨，但是有了官方政策依据、地方协定与民约，两寨的民人可以依规行事，生产、生活秩序得以维护，为茶山民人安居乐业奠定了基础。

茶山民人负担是相当重的，有贡典、钱粮、江干，应办夫马杂件公项，还有祭祀涉及的人力物力耗费。无论是摘园、贸易、种地门户，全部都要一体承担。易武土司受流官政权思茅厅、土司政权车里军民宣慰司的双重管辖，实际上遭受到的是双重盘剥，这些苦难最终肯定都转嫁到了民人身上。现实的苦难几乎难以摆脱，只好转而将精神寄托付诸信仰，山神、财神及关帝等，都是民人祷告崇奉的对象。

　　回顾过往，展望当下，衣食仰给茶山历来都是易武民人生存的主流方式。今天山上留存下来的古茶园，都来自前人馈赠。如今茶山上遗存的碑刻，记述了先人生活。今天茶山上的人们留给后人的有什么？当下又会留下什么样的记录给后辈？或许，只有时间才能够给出答案。

当代篇

当代篇

普洱茶的原乡：西双版纳

普洱六山记

西双版纳民族博物馆

彩云之南的红土高原是普洱茶的领地，滇南西双版纳是普洱茶的原乡。

地处遥远的西南边陲，那是千年之前的茶圣陆羽都未曾涉足的地方。有幸生于斯世的爱茶人，端赖于陆海空交通的发达，曾经的艰难险阻，而今都只是万水千山若等闲。这是古人无论如何都想象不到的景象，就像今时的我们，也很难猜想出明天的明天到底会是怎样。

可是，我们还是忍不住会去回望过往的历史，那些曾经在这片土地上轮番写就的人间史话，那是属于普洱茶的光辉岁月。

闻听西双版纳的名字，耳畔仿佛就传来了葫芦丝的演奏，脑海里就闪现出神秘的热带雨林、少数民族欢快的舞步——这是一片让人心生向往的乐土。

从地图上看，西双版纳位于云南南部边陲，地处北纬21°08′～22°36′之间，东经90°56′～101°50′之间，属北回归线以南热带湿润区。西双版纳州东北隔补远江与普洱市江城县相望，西北面与普洱市澜沧县为邻，东部和东南部与老挝接壤，南、西南与缅甸交界，边界线长达966.3公里，约等于云南省边境线总长的1/4。西双版纳州东西长186公里，南北宽160公里，地域面积广袤，全州总面积19124.5平方公里。2017年，西双版纳傣族自治州茶叶种植面积115.36万亩。

曾经有西双版纳的朋友笑说趣事：一位外地来的朋友下飞机到达景洪市，忙不迭地询问西双版纳在哪里，竟不知脚下的土地就是西双版纳州首府所在地景洪市。行政意义上的西双版纳傣族自治州下辖景洪市、勐腊县与勐海县一市两县。

西双版纳的美在山。循着山脉而去，便能觅得澜沧江东西两岸的古茶山。地理版图上西双版纳位于滇西横断山系纵谷区最南端，东部为云岭支系无量山山地，西部为怒山山地余脉，中部为澜沧江及其支流侵蚀形成的宽谷盆地。全州山地面积占总面积的95%，山多、山高、山大，让无数人为之着迷的古茶山，就在那深山更深处，等候着爱茶人的到来。山间盆地稀少，在当地叫作坝子，土地肥沃，易于耕作，那是农耕文明时代的乐园，坝子占总面积的5%。全州总体地势北高南低。由北向南、东向西、两侧向中部地势逐渐降低，形成群山环抱众多宽阔坝子的地貌。全州海拔最高点在勐海县东北部的滑竹梁子，海拔2429.5米，最低点在勐腊县帕亮各脚西南的澜沧江河谷，海拔470米，上下落差1959.5米。由于澜沧江及其支流切割，河流纵横，山地间隔，才保留下了澜沧江两岸众多的古茶山，保存下了朴拙的普洱茶文化体系。

西双版纳州境山脉，属于滇西横断山系南延部分。以澜沧江为界，东部为云岭余脉无量山山地，景洪市境内的攸乐山，勐腊县境内的莽枝山、革登山、倚邦山、蛮砖山与易武山星散其间。澜沧江西部为怒山山地，景洪市境内的勐龙山，勐海县境内的南糯山、帕沙山、勐宋山、贺开山、布朗山与巴达山棋布其间。东部山脉呈带状较明显，澜沧江以东的攸乐山、莽枝山、革登山、倚邦山、蛮砖山与易武山呈现出狭长带状茶山的典型特征。西部山脉主要呈形状不规则较宽大的体块，澜沧江以西的勐龙山、南糯山、帕沙山、勐宋山、贺开山、布朗山与巴达山其形若此。山脉海拔高度，西部高过东部。西部较高山峰多在海拔1800米以上，海拔大于2000米的有35座山峰。东部较高山峰多在海拔1500米以上，海拔大于2000米的山峰有2座。

西双版纳州地处北回归线以南，热带气候面积占全州总面积的

20.4%，南亚热带季风气候面积占全州总面积的70%，地形复杂，气候垂直变化差异大。景洪市距勐海县仅数十公里，海拔落差足有624米，年均气温相差3.8℃，大有不同。西双版纳四季区别不明显，干湿两季分明。每年11月至次年4月为干季，干季也称旱季，降水量仅占全年雨量的14%～17%；5～10月为雨季，雨量占全年雨量的83%～86%。西双版纳并没有四季轮回，在旱季、雨季往复交替之间，茶芽萌发，茶花绽放，茶树结果。春茶、夏茶（雨水茶）、秋茶（谷花茶）与冬茶（冬片），都是用农历节气加以区分，为的都是远方爱茶人更好辨识罢了。

西双版纳年相对湿度平均值为78%～88%，河谷地区为78%～83%，广大山区为85%～88%。年内变化以3～5月份最低，为70%～75%。这也是一年当中最好的春茶时节，尚处旱季，雨水少、湿度低、阳光炽热，最易于出产晒青毛茶。除此之外便是每年9～11月份，倘若雨水不多、天气晴好，所出谷花茶也是极好的。每年12月至来年2月份湿度为80%～85%。这是一年当中茶产量最稀少的冬茶时节，所获不多的冬片也是极好的茶。每年雨季，一般湿度在84%～89%之间，雨水丰沛、湿度大、温度高，出产的夏茶，也叫作雨水茶，总归不如春茶、谷花茶和冬片。物候变化里隐藏着茶叶品质高低起伏变化的奥秘。

西双版纳的美在水。全州都属于澜沧江水系，支流有补远江、南腊河、南阿河、流沙河、南果河、南览河等，在每条支流上又分布着无数条溪流。溯流而上，就能寻访到位于澜沧江及其支流两岸幽谷或山巅的古茶山。发源于青海省的澜沧江，流经西藏、四川进入云南，由西北向东南纵贯西双版纳州境，出境后称为湄公河，流经东南亚缅甸、老挝、泰国、柬埔寨、越南后汇入南海。澜沧江是一条茶的河流,出自澜沧江两岸古茶山的普洱茶,沿着崎岖坎坷的茶马古道,或反溯其源边销藏区,或沿江内销四川,或内销国内其他省份,或出境远销异域他乡。

农耕时代的人敬畏天地自然,天地滋养了自然万物。天赋予茶以香气,地给予茶以滋味。西双版纳的土地尤宜于茶树生长,砖红壤、赤红壤、红壤、黄壤、黄棕壤、紫色土、冲积土、石灰土与水稻土,科学名义下此地的土壤分为九种类型,又种种不同。茶山上的人民对土地、茶树爱得深沉,不同土地上生长的茶树孕育出滋味千变万化的普洱茶。这是人与土地之间的约定,相互默默守护这个奥秘。最好的茶味就是自然之味。

西双版纳的美在雨林。上苍仿佛特别眷顾这片土地,这里有世界上北回归线附近保存最为完好的热带雨林。原生地带森林植被分为东南亚热带雨林北缘类型和南亚热带常绿阔叶林类型。曾经人们不懂得珍惜,在农耕社会时期,赖此为生的人们刀耕火种,森林的破坏一度到了令人惊悸的境地。到了20世纪70年代,由于保护不力,曾经被列入自然保护区范围的景洪市勐龙片区被破坏殆尽后不得已撤销。汲取了教训的人们加大了对自然资源的保护力度,20世纪80年代,西双版纳自然保护区被批准列为国家级自然保护区,地跨景洪市、勐腊县与勐海县三市县,属于热带及亚热带类型自然保护区。下辖勐养片区、勐仑片区、勐腊片区、尚勇片区与曼稿片区。21世纪初,批准设立了西双版纳纳板河流域国家级自然保护区。而后,云南省西双版纳布龙州级自然保护区正式成立。紧接着,云南省西双版纳易武州级自然保护区成立。倘若西双版纳热带雨林是上苍的馈赠,成立保护区就是对其最好的回报。大地藏珍,热带雨林是古茶园的庇护所,雨林深处的古茶园是古茶树最后的伊甸园。

在西双版纳这一方山水土地雨林中赖以生存的民族有傣族、哈尼族、彝族、拉祜族、布朗族、基诺族、瑶族、回族、佤族、苗族、壮族、景颇族、汉族等13个民族。傣族曾经是这片土地上统领各方的主体民族,他们世代生活在土地最为富饶肥沃的坝区。布朗族、哈尼族、基诺族等都是生活在山区的茶山民族。回族、瑶族、苗族等都是外来迁徙至此的民族。外来的汉族进入这片领地之后,在经济、文化、政治上影响改变了这里的社会形态。放在历史的长河里,这片土地上的人们来来往往,最终都只是匆匆过客。

世居在这片土地上的各民族有着不同的文明形态,风俗习惯多种多样,和谐共生、节庆不断。傣族重大传统节庆有泼水节、关门节、开门节等,哈尼族主要传统节日有嘎汤帕节等,拉祜族有拉祜族节,基诺族有特懋克节,瑶族有盘王节等。每年傣历的泼水节在4月中旬左右,此时正逢季节转换之际,旱季将要结束,雨季将要来临,人们相互泼水祝福,喜迎雨水的到来,万物得以再次繁盛。来自世界各地的人们齐聚西双版纳,纵情欢庆节日,这里成了欢乐的海洋。

云南的傣族与老挝的老族、缅甸的掸族、泰国的泰族为同一族群的不同部族,他们语言相通,文字相同,地域相连。共同的族群、共同的语言、共同的文字、共同的信仰,使他们同属于同一个文化体系,从而与以汉语、汉字为根柢,儒、道、佛为信仰的汉文化体系有着不同的面貌。了解了这一点,就能够理解发生在西双版纳土地上的历史事件,本质上隐含着不同文明形态之间的冲突与融合。

如今,生活在西双版纳州的各族人民,总人口逾百万,少数民族占比近80%。少数民族人口最多的傣族占比超过30%，世代主要生活在平坝地区。哈尼族、布朗族、基诺族等属于山居茶山民族。外来汉族先是进入澜沧江以东六大茶山，如今足迹已经遍历澜沧江两岸各大茶山。在本土少数民族与外来民族的融汇交流中，孕育出璀璨的普洱茶文化成果。古老的茶山，古老的民族，古老的技艺，茶马古道，共同构成完整的普洱茶文化体系。2009年8月，普洱茶传统制作技艺（易武七子饼茶制作技艺）入列云南省第二批非物质文化遗产保护名录。2011年3月，普洱茶制作技艺（大益普洱茶制作技艺）入列第三批国家级非物质文化遗产保护名录。2013年11月，普洱茶老字号车顺号传统制作技艺入列云南省第三批非物质文化遗产保护名录。

江河山谷的隔绝，曾经使这片土地被视为畏途。发达的航空事业，使得彩云之南的边地不再遥远，仅仅2017年，西双版纳嘎洒机场就有近400万人次旅客吞吐量。而今的澜沧江已经成为跨国航道。不久的将来，玉磨铁路贯通后这里将进入高铁时代。国道、省道、县道、乡村道路，密如蛛网的公路将乡村、小镇、城市紧密联系在一起。曾经遗留下来的茶马古道勐腊段入列国家级重点文物保护名录，供今时的人们凭吊那往昔普洱茶岁月。公路、水路、铁路、航空，将普洱茶从原乡带往远方。这是属于现代人的万里茶路，路的前方，有普洱茶无限的可能，在等待着人们去探寻。

当代篇

景洪风土记

普洱六山记

景洪风貌

景洪，傣语意为"黎明之城"，古称"勐泐""景陇"，旧称"彻里""车里"。历经元、明、清及民国，直到新中国成立后的1956年，在这片土地上存续了近700年的傣族土司政权终结。历代土司都以景洪为统治中心。近700年的土司统治下，地方土司对中央王朝时降时叛，相邻近的土司政权之间多有攻伐，土司政权内部多有纷争，土司政权与被统治者之间时有争乱。处于风暴中心的景洪，覆巢之下岂有完卵，平民百姓几无安宁之日。回望过去，真正安享太平生活的日子并不算是太久。读史是为了让人铭记：好生活来之不易，要懂得珍惜。

景洪市是云南省西双版纳傣族自治州的首府，位于云南省南端，西双版纳傣族自治州中部。景洪市地处东经100°25′~101°31′，北纬21°27′~22°36′。北接普洱市，东北接江城县，东接勐腊县，西接勐海县，南与缅甸相接壤，国境线长112.39公里。

傣族，傣语意为热爱和平、勤劳勇敢的民族。傣族在历史上不同时期有不同的称呼，汉代称为掸，唐代称为金齿，元、明、清称为百夷，民国称为摆夷。新中国成立后按照周恩来总理指示，新创了一个汉字"傣"，正式定名为傣族，遵循了傣族人民的意愿。从元、明、清时期设置土司制度至新中国成立初期，被历代中央王朝册封为车里宣慰使的召片领，世代成为西双版纳最高领主和最高统治者。在这里，所有土地、山林、江河皆属于召片领所有。平民百姓过着"买水吃、买路走、买地住家、买土盖脸"的生活。如今生活在景洪这片土地上的人民，傣族占多数，另外还有哈尼族、基诺族、彝族、拉祜族、布朗族、瑶族、壮族、回族、苗族、景颇族、佤族、汉族12个民族。

历史上傣族与其他少数民族之间属于统治与被统治的关系，直到民国时期,当地的傣族依然称呼阿卡人(今属哈尼族)为卡角,攸乐人(今属基诺族)为攸角。"角"在傣语中是奴隶的意思。直面历史,而不是粉饰,是为了有更为清晰的认知。

景洪市山地多、平地少,耕地比重小。山地占其总面积的95%,盆地仅占5%。农耕文明时代,为了生存繁衍,出产粮食的坝区,远比出产茶叶的山区更为宜居。傣族多居住在坝区,其他少数民族多居住在山区。从人类学角度很容易理解。

独立于汉文化之外的傣族语言、傣族文字体系,区别于汉传佛教的南传上座部小乘佛教,近700年的土司政权延续,使得这里俨然成为国中之国。政治、经济、文化的不同为各种冲突埋下了伏笔。

历代政权为了国家、民族事业的大一统,不断付出各种努力。在过往的历史变迁中,有两个彪炳史册的人物改变了历史进程。一是清雍正七年(1729)鄂尔泰的改土归流,将澜沧江以东六大茶山等六版纳土司地划入普洱府治下。一是1913年,柯树勋设流不改土,将景洪纳归普思沿边治下。经此两次变革,外来汉族得以不断进入,自此开启了民族交汇、文化融合的历史进程。而今漫游景洪,还可以在景洪城东南方向,流沙河注入澜沧江的入口处,看到车里军民宣慰司遗址。

直到新中国成立以后,伴随土司政权终结,各民族才进入了享有共同基本权利、和平共处的历史新时期。1960年国家进行民族识别,将住在山区、半山区的哈尼族正式定名。基诺族(过往自称攸乐),1979年定名,为全国最后一个识别的少数民族。汉族,有自清代、民国进入景洪做生意的,也有在新中国成立后支边、下乡等赴此的。

景洪市面积6867平方公里,东西横距98公里,南北纵长112公里,作为一个县级市称得上地域辽阔。一直以来，景洪都属于地广人稀的边地。据《景洪县志》记载：明末，县境有人口 32179 人。清末，县境不过 6 万人。民国 36 年（1947），为 47841 人。

2019 年，景洪市有 13.23 万户，总人口（户籍）43.26 万人。其中，少数民族人口 30.45 万人，占总人口的 70.39%。傣族 14.47 万人，占总人口的 33.28%；哈尼族 7.8 万人，占总人口的 18.05%；基诺族 2.4 万人，占总人口的 5.54%。而今的景洪市，已经成为各族人民和谐共存的乐土。

官方数据显示：截至 2019 年，景洪市辖 2 个街道（允景洪街道办事处、江北街道办事处），5 个镇（嘎洒镇、勐龙镇、勐罕镇、勐养镇、普文镇），5 个乡（景哈哈尼族乡、景讷乡、大渡岗乡、勐旺乡、基诺山基诺族乡），20 个居民委员会，85 个村民委员会，6 个农场管理委员会和 1 个国营农场。

隶属于景洪市行政区域内的茶山，我们最常前往探访的是基诺山乡的攸乐山。这里的古茶园集中于亚诺村的龙帕片区，是西双版纳自然保护区勐仑片区的一部分。还有勐龙镇的中缅界山勐宋山，也有让人为之着迷的古茶园。景洪与缅甸接壤，自古以来民间往来不断。勐宋山先锋寨的哈尼族茶农笑称："寨子里有些人一辈子没有到过景洪，但是经常出国。"我们亲眼目睹，为了一袋子茶，茶农步行往返半个小时就进出境了一趟。

景洪市地处横断山系纵谷区南端，地处澜沧江大断裂带两侧。澜沧江，古时傣族称之为"南兰章"，意为"百万大象繁衍的河流"。东北部是无量山尾梢，六大茶山之一的攸乐山位于其间。澜沧江左岸支流补远江发源于普洱市，因从市境勐旺乡补远山、补远寨流过而得名，是澜沧江的一级支流。攸乐山隔着补远江与莽枝茶山相望，两岸大小高山峡谷深切达 800~1000 米。西部是怒山余脉，勐龙镇的勐宋山隶属其中。澜沧江右岸支流南阿河源于勐海县，流经勐龙，为中缅界河。地貌复杂多样，具山原地貌，北高南低，两侧高，中部低，山区盆地相间，重峦叠嶂，沟壑纵横。最高海拔 2196.8 米，最低海拔 485 米。市府所在地景洪坝子海拔 552.7 米。

景洪市地处北回归线以南，纬度低，属北热带湿润性季风气候。终年长夏无冬，四季温差小，日照充足，雨量充沛，干湿季节分明。湿季也称雨季，一般始于每年 5 月 20 日前后，于 10 月 22 日前后结束，平均湿度为 83%，雨季湿度大于干季，尤以 8 月最大，达 86%~94%；干季以 3 月最小，仅 63%~76%。按照平常的习惯，用四季来划分并不适宜。一年之内的温差变化很小，一日之内温度的变化很大。每年 3、4 月份抵达西双版纳访茶，总感觉地处坝区的景洪最为溽热，晚上要开空调降温才能睡得安稳。

景洪市境内森林覆盖率为 63.8%，海拔由低至高分布有热带雨林、季雨林、亚热带常绿阔叶林、针阔叶林和针叶林等植被类型。季雨林分布在基诺山至勐养一带，从基诺山至勐仑的国道自雨林中穿过，行驶在国道上不仅能欣赏到旖旎的热带风光，还可以顺道寻访攸乐山古茶园。人与自然之间相互依存，但当生存状况恶化时，就会不断发生侵害热带雨林的情况。1972 年，当地政府对西双版纳自然保护区进行了调整，放弃了已经被开垦破坏殆尽的勐龙自然保护区，缩减了保护不力的勐养片区。

景洪的自然灾害主要是旱灾，尤以2019年春天最为干旱，为历年所未见。截至2019年5月14日，西双版纳州各市县气象局开展了人工增雨作业20次，用弹122枚，但仍然没有带来一场像样的雨，以至于在茶山上的各少数民族重又兴起过往年代的祭祀方法来求雨。以我们历年来亲身所见所闻，除了自然因素之外，来自于人为的破坏也加重了这场灾情的严重程度。大自然似乎是在用这种方式为生存在这片土地上的人们敲响了警钟。风灾则是另外一种自然灾害。我们曾经在寻访勐龙镇勐宋山、基诺山乡攸乐山时遭遇暴雨狂风，亲眼见到大树被拦腰摧折以至于阻隔道路交通的状况。

景洪市热带作物种植区划，勐养、基诺山、大渡岗、普文等属于茶叶适宜区。1993年种植茶叶71714亩，总产量425.1吨。景洪市土壤属我国东部湿润、半湿润地区的森林土壤群系，共有6个土类、13个亚类，以赤红壤、砖红壤、红壤为主，适宜于茶树种植。红壤分布于基诺山乡海拔1500～2100米的中山山地，留存有攸乐山古茶园。

明、清、民国时期，景洪地区的茶叶运输主要靠人背、马驮和牛运。山区居民以背为主，坝区居民以挑为主。据《西双版纳社会调查》记载：1936年前后三年，车里靠佛海边沿茶叶产量丰富，每年约产茶4200驮。1953年，车里的茶叶由西双版纳贸易公司收购，其后由勐海茶叶公司专营。1961年，县商业局在茶叶主产区基诺山乡龙帕村（现称"亚诺村"）、勐龙镇勐宋村成立了茶叶收购站，共收购茶叶1422担。1963年，收购的茶叶转运下关和昆明。1971年后，收购茶叶调外贸站。1984年，商业部门茶叶收购由供销社负责。此后，伴随计划经济年代的结束，茶叶进入市场经济时代。

过去，到西双版纳州寻访普洱茶，并不是一件容易的事。早年间当地车辆租赁业务不够发达，为了能够找到适宜上茶山的越野车，不得不先乘飞机抵赴昆明，然后再租车前往。昆明的人习惯上称之为"下版纳"，果如其名。从昆明驱车沿着云岭高速（也称作昆磨高速），一路海拔快速下降。时时会感觉到自己的耳朵仿佛被堵住了，实际上是海拔下降引起的身体不适感。这倒还在其次，更让外来人们为之心惊的是脚下的这条高速路，沿着峡谷山腰盘旋而下，穿过隧道，跨过桥梁，前方仿佛有无穷无尽的弯道，动辄提示"前方连续30公里下坡，已经有500辆车辆失控"，让人心惊胆战。直到后来，往返次数多了，慢慢适应了，不再是只顾紧张，而是有了闲情逸致透过车窗看风景。云南的大山海拔高、落差大，透露出一种野性难驯的苍茫壮丽之美。偶尔还可以远远望见刀耕火种的景象，仿佛让人穿越时空，回到了农耕文明的童蒙时代。从普洱市到景洪市的这一段高速，道路平缓，一路穿过西双版纳国家级自然保护区，堪称中国最美的热带雨林高速。每每间隔不远，交通部门就体贴地给过往的车辆旅人设有观景台。时时会有提示："公路桥下是野象通道，禁止过往车辆鸣笛。"只是脚步匆匆的我们，一心惦念的都是上茶山，并没有为此停下脚步，现在回想起来，总觉得有遗憾。直到后来，有了上茶山的经历，才知悉有了这样的高速，是何等幸福的一件事。再往后，偶然间读到西南联大时期姚荷生著《水摆夷风土记》：民国27年（1938），当时作者共费去两个月十二天，才从昆明辗转抵达景洪。往事并不遥远，只是如今读来叫人感慨万千。

最近几年，西双版纳的车辆租赁业务渐趋发达，我们往返昆明与西双版纳不必再经受开车长途跋涉的颠簸劳累之苦，那足足要耗去近一天的时间。想想过去，人还真是不容易满足。现今直接从昆明搭乘班机，只需要不到一个小时就可抵达西双版纳嘎洒机场。提前预约好车辆，租赁业务的办理就在机场附近停车场的一棵大树下，业务人员凭借网络办公，不到半个小时就可以办好手续。大概也只有景洪市才有这样露天办公的业务吧！

连年来赴西双版纳入山寻访普洱茶，景洪市是必经之地。只是每次到访，往往是在茶山上的时间久，而在景洪城里逗留的时间无多，于是记忆里的这座城市，有几分熟悉，也有些许陌生，仿佛相识多年又久已不见的老友，时时会叫人心生惦念。

明清时期，城区的房屋建筑均为草房竹楼。道路都是自然通道，徒步便道以土路为主。民国时期，尚未形成街区。驻地饮水，历来都是靠人力挑提江河水或井水。傣族所用水井多数建有井塔。

曾经的这座城是令外人望而生畏的禁地，如今的这座城是让人心生向往的旅游目的地，更是喜爱普洱茶的人们涉足的首选之地。仅以我们所热爱的茶之视角来回望过往的历史，2010年以后这10年间发生的变化，比诸1910年以后100年间的变化要剧烈，比过往1000年间的变化更剧烈。

每一次从茶山上回到景洪，都会止不住地感叹："还是城里好啊！"晚上喜欢住在澜沧江两岸边上的酒店，每当夜色降临，澜沧江两岸万家灯火，江面上游船徜徉，两岸游人如织。似睡非睡之际，仿佛还能听到窗外的情歌呢喃。梦里不知身是客，犹问茶香知多少？

当代篇

普洱六山记·攸乐山寻茶记

基诺山乡木鼓广场

攸乐，那山、那茶、那人，宛如对"茶"字的贴切诠释："人在草木中。"对于攸乐山的茶我们是熟稔的，宛如相知已久的老友。当我们试图走近这座茶山，触及茶山人们的内心世界，却又发现它无比的陌生。据传"攸乐"意为"丢落"，山如其名，仿佛隐藏了无数未解之谜。攸乐茶，这方山水、土地涵养出的天赋灵草，经由生活在这方土地上人们勤劳的双手，被赋予了新的生命。倘若用心来品味这攸乐山茶，能够从中感受到攸乐人命运的跌宕起伏，人生中的喜怒哀乐，那是一个族群的史诗。

离开西双版纳州首府景洪市，过澜沧江大桥，沿着213国道驱车行驶30公里，便抵达基诺山基诺族乡政府所在地。这是一个山中小镇，我们到达的时候已是黄昏，乡政府前广场上人迹寥落，或许这才是它的常态。基诺山乡地域广袤，面积有622.9平方公里。2017年，全乡辖7个村委会46个村民小组，人口十分稀少，共有3868户14209人。作为1979年定名的全国最后一个少数民族，攸乐人有了法定的族称"基诺族"，只是不知道，这是否表达了他们自己的心声？相熟的一位乡土学者对此有着不一样的看法："攸乐人，应该是哈尼族的一个分支。"清代官方文献道光《普洱府志》记载："橄榄坝土司治下攸乐土目二：一管窝泥寨，一管蒲蛮寨。"哈尼族的旧称就是窝泥，似乎也支持了这样的说法，权且记下这一笔吧！

2003年修建的木鼓广场是小镇的中心，用粗糙的混凝土制成的树干造型，一边七根，一边九根，象征着玛黑与玛妞，交叉支撑起基诺族的图腾木鼓。基诺族的创世纪传说，总是会让听闻之人思绪缥缈，回到洪荒的远古时期。躲在木鼓中的基诺族祖先玛黑、玛妞躲过了滔天洪水之灾，然后这一对兄妹结合孕育了一个民族，族称"基诺"的意思是"舅舅的后代"。木鼓基座的碑刻诉说着人们对巨额资金投入山乡带来巨变的感激之情，只是不知道，这民族传统是否如这修造一新的图腾般，其内在早已经发生异化了呢？

  多年以前，我们曾经到访过基诺山乡一家茶厂，茶厂里矗立着茶祖孔明的雕像。在基诺族传说中，他们是武侯诸葛亮南征时丢落下的一队士兵的后裔，所以他们自称为"攸乐人"。是孔明传授他们种茶方法，并且教他们仿照孔明帽子的式样建造房屋。基诺族服饰中帽子的式样，看上去确有几分与基诺族居住的传统房屋造型神似。而今，伴随普洱茶市况的热络，旧有房屋几乎已经全部被水泥架构的新居所替代。20世纪50年代以前仍然处于原始氏族部落阶段，整个家族居住在联建为一体房屋里的情形，早已经被时代的洪流荡涤得干干净净，找寻不到丝毫的痕迹。道光《普洱府志》载："三撮毛，即猓黑派，其俗与摆夷、僰人不甚相远，思茅有之。男穿麻布短衣裤，女穿麻布短衣筒裙。男以红黑藤篾缠腰及手足，发留中、左、右三撮，以武侯曾至其地，中为武侯留，左为阿爹留，右为阿嫫留。又有谓左为爹嫫留，右为本命留者。以捕猎野物为食。男勤耕作，妇女任力。""种茶，好猎，剃发作三鬃，中以戴天朝，左右以怀父母。普洱府属思茅有之。"而今，即便是基诺山最为偏远的山寨，也不容易看到传统的发髻。民族服饰之外，衣着与世俗流行并无二致。犹记得多年前，在基诺山乡亚诺村偶然碰上一位猎人，低着头背着长长的猎枪，带着猎犬，刚刚入山打猎归来，似乎并没有捕捉到猎物。信仰图腾的异化，居所的变化，生活方式的变迁，发髻、服饰的改变，一个民族的记忆不断消解在时代洪流中。

自基诺山乡至勐仑方向,坑洼不平的旧路已经修葺一新,但曲曲弯弯的走向依旧。在213国道与通往小普希的乡道岔路口,竖了一块水泥柱子,顶上是基诺族的图腾木鼓,柱子上镌刻着一行大字——"攸乐古茶山"。行政名称的变革,无碍于传统茶山的命名,这也是如今基诺人衣食所系。前年的秋天,守兴昌号掌门人陈晓雷驾驶他的"坐骑"牧马人越野车,载着我们一行沿着小普希方向开出了数公里,道路左边立着一个指示牌,左转沿着土路直奔亚诺(龙帕)古茶园方向,在坎坷的土路上颠簸了半个小时之后,抵达了车辆所能到达的路尽头。下车环视四周,这里是一个小小的停车场,旁边修造有一个木瓦结构的"喆么亭",亭子边上是水泥构造的太阳鼓,对面有展示栏专门介绍龙帕古茶园的概况。一切建筑都融汇了基诺族传统文化元素,但却全部采用现代建筑材料,过往与现代就此得以承接。接下来,我们就只有徒步前去探访古茶

攸乐山亚诺(龙帕)古茶园喆么亭

攸乐山亚诺（龙帕）古茶园

攸乐山亚诺（龙帕）茶王树

园。沿着小路径直前往茶园更深处，走到攸乐一号茶王树的近前时，眼前的情形还是让人大吃一惊：雨季刚刚过去，一棵大树顺着山坡堪堪紧挨着茶王树倒伏下去，就只差一点点就要砸到它，茶王树侥幸逃过一劫。难得来一次，我们紧挨着茶王树留下影像。但还是忍不住感叹命运无常与生命脆弱，由此更加让人懂得古树茶来之不易，应当学会倍加珍惜。

探访龙帕茶园之后，继续回转大路前往亚诺。亚诺旧称龙帕，那是傣语的命名。攸乐山曾经长期隶属于傣族土司治下，地名全都源自傣语。直到20世纪80年代中期，遵照基诺族人意愿，将地名全都改作基诺族的称呼。去年三月底，亚诺修建起了自己的寨门，题额为：亚诺（龙帕）攸乐山贡茶第一村。当今的攸乐山，若以古茶园面积论，亚诺毫无疑问是首屈一指的。有清一代，六大茶山皆系贡茶之地。攸乐头目要接受倚邦土司节制，承办贡茶事项。市场经济年代，就连古老的茶山少数民族，都嗅出了普洱茶热潮中的商机，率先打出了贡茶的招牌。从过往到现在，谋求生存与发展才是人类社会永恒不变的主题。

我们每年茶季都会到亚诺相熟的茶农家中坐坐，眼见这座大山中的村寨旧貌换新颜，家庭内部也是变化惊人。看到过往拍摄照片中自家的狗狗，茶农阿妹喃喃自语："我的眼泪就快要掉下来了！"细问之下才知悉，陪伴一家人多年的狗狗已经故去。想想时间当真不经用，十数年光景转眼即逝。客厅里挂着茶农女儿的照片，当年的小姑娘如今已经是在省城昆明求学的大学生。说起自家姑娘，阿妹半是欣喜半是嗔怪："就只是嘴巴勤劳！"茶山人的话语质朴、生动、鲜活，一语道破当下高等教育的困境，年轻学子追求的都是动动嘴的工作，有意无意中轻视乃至畏惧动手的活计。可是，只是动动嘴的话，又哪里炒得出好茶呢？或许还是老人家说的对："儿孙自有儿孙福！"可是就连人口如此稀少的基诺族，一家也只有一个独生女，让人难免对茶山前景心生担忧。

沿着基诺山乡一线，213国道将众多村寨串联起来，驱车穿行在西双版纳州自然保护区热带雨林间，总会沉醉其中。而在攸乐山西侧，新修的高速公路将景洪市与磨憨口岸连接起来。无数次往来勐仑与景洪之

攸乐山亚诺(龙帕)古茶山

攸乐山亚诺(龙帕)贡茶第一村

间的这段高速,遥望攸乐山,都会远远地望着司土老寨方向说:"一定要去看看!"却又一次次擦肩而过,直叫人感叹茶山的地域辽阔。直到前年春茶季,相约攸乐山茶农陶志强共访司土老寨古茶园。终年在茶山上驱驰,坐在陶志强买回来没几年的四驱越野车上,感觉这车拼命喘着粗气在砂石土路上挣扎前行,仿佛随时都会散了架一样。深入山林数公里之后,车辆停了下来。陶志强指着茂密林下的残砖碎石说:"这里就是攸乐城旧址。"心心念念来到这里,心愿达成之时,却有种做梦的感觉。雍正朝改土归流期间,曾经在攸乐筑城,并派文武官员与兵丁驻守,然而短短数年之后,由于叛乱袭扰,瘴疠侵袭,人员裁撤,城垣废弃。在倚邦土司治下的莽枝、革登、蛮砖与倚邦,易武土司治下的漫撒(易武),接连成为外来汉族的文化领地之后,攸乐山人坚守着本民族的语言、服饰、起居、信仰等文化传统,攸乐山成为六大茶山中原住民最后的领地。

正值春茶采摘时节,司土老寨古茶园深处,基诺族茶农正自采茶忙。茶地距离寨子路途遥远,采茶人随身携带了简便的午餐,就在茶园中临时搭建的窝棚中休憩、用餐,然后继续头顶火辣辣的大太阳采茶。采茶之余,随手从森林里采摘新鲜的蕨菜、蘑菇作为食材,这是不多的旧有生活方式遗存。过往数百年间都不曾改变的传统,如今伴随普洱茶热潮涌动,已经在不断重塑攸乐山的文化面貌,或许将来连同旧有的习俗,也都终将消弭于无形。

既往,攸乐山茶农炒茶水平饱受诟病,盖因过去的习惯向来是售卖鲜叶,并不注重炒茶技术。而今,外来大小企业纷纷入驻茶山,建造初制所、厂房,极大改善了制茶的场地条件。在资本不断刺激下,炒茶技

攸乐山古树晒青毛茶

术水平逐年提升,过往毛茶沾染烟气的品质弊病得以去除。与品质提升相伴的是价格上涨,过去十年当中古树茶价格至少提升了十倍。茶,历来如此,质、价的提升如影随形。只是生活并不尽如人愿,连年干旱造成春茶产量大幅减产,路遇一位骑着摩托车运青叶下山的茶农,问起春茶收成,他不禁叹息:"往年春茶一季古树毛茶就有五六百公斤,今年大小树混采总共有七八十公斤,都不知道吃什么!"靠天吃饭的茶农,总归是不易的。

今年春茶时节,我们选择了一条新路——经基诺山乡向东走扎吕村奔象明乡牛滚塘。当我们过扎吕村翻山越岭下到山半腰时,隔着小黑江,对面壁立千仞的孔明山映入眼帘。或许在农耕文明时代,这山下波涛滚滚的小黑江,以及两岸耸峙的高山,成为攸乐山最后的自然屏障。由此,攸乐山成为六大茶山中原住民文化系统的最后领地。而今,山下小黑江上正在架设新的桥梁，既往难以逾越的天堑变通途。外来文化系统与本土文化系统之间的融合，已经成为不可逆转的历史潮流。正如同这滔滔的江水般，青山遮不住，毕竟东流去。

喜欢攸乐山古树茶，干茶条索肥壮，色泽乌润，冲泡后，有着沁人心脾的花样芬芳，透出淡淡的青叶香。其茶汤汤色黄中透绿，清澈明亮，富于光泽；入口苦中带涩，回味略带清苦，回甘隽永迅猛，具有强烈的山野气韵。

一盏茶中，不独能品读出历史与传说，也能品味出当下的现实与故事。经由这一盏茶，历史与现实得以连接，传说与故事交相辉映。人与茶之间，注定将继续书写这未尽的传奇。

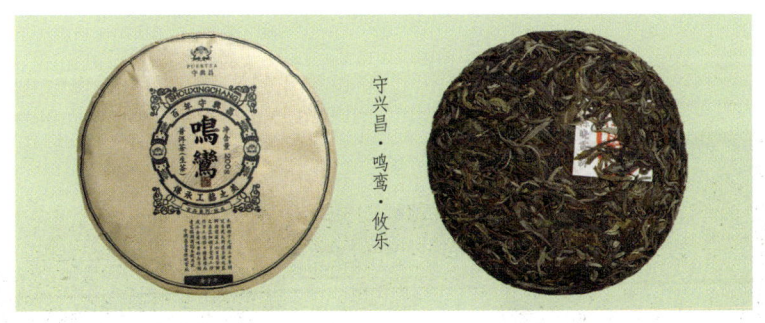

守兴昌·鸣鸳·攸乐

当代篇

勐腊风土记

普洱六山记

易武·中国贡茶第一镇

儿时对西双版纳的印象，来自乡村生活时看过的一部露天放映电影《孔雀公主》，演绎的是召树屯与孔雀公主婻玛婼娜的传奇爱情故事，充满了异域风情与热带少数民族色彩。直到许多年后，因了普洱茶的缘由到访西双版纳，我们才知晓勐腊就是孔雀公主的故乡，这里也是电影《孔雀公主》的拍摄地。

少时对西双版纳的印象，来自作家叶辛的小说《孽债》以及由其改编的同名电视剧。这部剧中我们看到了知青在这片红土地上挥洒青春与汗水开垦种植的橡胶园，以及他们的爱情结晶造就的孽债。如今，穿梭在西双版纳州勐腊县的热带雨林中，仍不时可以看到连片大面积的橡胶林，而今却成了留给西双版纳环境保护的另一条孽债。时耶？命耶？无论好与不好，过往的时代总会留下它的痕迹。

现今，我们对勐腊的印象来自普洱茶，坐拥莽枝、革登、倚邦、蛮砖与易武五座古茶山的勐腊是无数爱茶人日夜思恋向往的普洱茶圣地，也是我们足迹所至，留下无数寻茶故事的地方。

勐腊县为西双版纳傣族自治州下辖县，位于云南省最南端，东南、西南与老挝接壤，西部与缅甸相邻，国境线长达740.8公里（中老段677.8公里，中缅段63公里），西北与景洪市相连，北面与江城县毗邻。

勐腊系西双版纳傣语地名。勐，地方或区域；腊，茶。勐腊意为产茶之地。传说佛祖释迦牟尼路经此地，当地乡人以茶敬奉，佛祖饮罢称善，并将盏中未尽茶汤洒向身后，坝中即现一河，百姓称之为南腊河，即茶水河，当地人遂将南腊河流经的坝子称为勐腊。勐腊的名字就像是一个隐喻，茶的品质与这里的气候、环境、山川、河流无不攸关，就连生活在这片土地上的人，也都与茶有着不解之缘。

北热带湿润性季风气候，年平均气温21℃，年均降雨量1540毫米。绝对低温零下5℃，绝对高温40℃。天然优越的气候条件赋予了茶生而不凡的基因。热带气候条件下只有明显的旱季与雨季之分，而没有四季轮回之别，常年如夏，一雨成秋。一年中大多数月份，都宜于茶树生长。每年四月中旬，伴随着傣历泼水节到来，意味着旱季将要结束，即将迎来雨季。雨季来临之前将近一个季度的茶，都被称为春茶。贯穿雨季大部分月份的茶，则被划分为夏茶，习惯上也叫作雨水茶。每年十月底之前，伴随雨季将要结束，旱季再次来临前后一个季度的茶，被命名为秋茶，也唤作谷花茶。农历节气入冬之后，仍然有少量冬茶萌发，俗称冬片。此时，大多数的茶树将进入休眠期，等待下一个轮回的到来。

高山云雾出好茶，内蕴自然科学的法则。勐腊县年平均雾日多达192.5天，雾日之多，冠居全州。高山与平川相间，立体气候突出。昼夜温差大，有利鲜叶内芳香物质的积累，这就是高山茶香味芬芳诱人的奥秘。

气候又是一柄双刃剑，危害之一来自旱灾。勐腊县干旱分布为处于旱季的冬旱多，旱季、雨季交替之际的春秋旱居中，处于雨季的夏旱最少。春旱少于冬旱，但危害程度却重于冬旱，因处于旱季末期，土壤水分积存几乎耗尽，物候上万物回春，进入生长期，耗水量大，严重影响当年经济效益。这并非危言耸听，而是笔者亲身所见的真实状况。2019年，勐腊茶山遭受春旱侵袭，茶园普遍减产了一半以上。2020年，勐腊茶山遭遇连旱，春茶产量比头年又下降了一半以上。许多茶园直接错过了春茶季，直到5月份进入雨季，连续多天普降大雨之后，茶树才开始第一轮萌发。上了年纪的老人们的经验：春季的大旱，往往会连旱三年。来年春茶的前景，又蒙上了一层阴影。茶，脱离不了气候的影响，茶农总归是要靠天吃饭。

土地中蕴含着茶滋味的奥秘。土壤有砖红壤、赤红壤、红壤、紫色土、石灰岩土、冲积土、水稻土等。象明乡的莽枝、革登、倚邦与蛮砖茶山、易武镇、瑶区乡与勐伴镇的易武茶山，主要是赤红壤等适合茶树种植的酸性土壤。

上苍仿佛给予这片土地以特别的垂青。地球北回归线附近（北纬21°~23°之间）的地带上，几乎都是茫茫大沙漠和干旱草原，唯有西双版纳保留有完好的热带雨林，而勐腊毫无疑问是这片绿色皇冠上的明珠。勐腊县境内海拔800米以下分布有热带雨林，600~800米的沟谷向阳坡分布有热带季雨林，海拔1000米以上的山地分布有南亚热带季风常绿阔叶林，海拔1800米以上地带分布有苔藓常绿阔叶林。雨林是无数动物、植物赖以生息之地，亦是古茶树最后的庇护所。

新中国成立初期，勐腊县森林覆盖率为60%，勐腊县城四周曾是虎、豹、象、野牛等动物出没之地。20世纪70年代盲目垦伐，森林覆盖率下降到42%，"文化大革命"期间放任自流，捕猎成风，动物纷纷迁往境外，让人闻之心酸不已。1988年，森林覆盖率恢复到46.9%。而今，端赖倾力佑护，动物们又纷纷迁回故土，让人闻之备感欣慰。珍稀保护动物亚洲象主要分布在勐腊县瑶区乡、勐伴镇等乡镇，道路两旁经常可以看到野象通道的提示牌。当地茶农们讲："最不怕的就是大象来搞破坏，只要将庄稼、房屋受损情况报上去，补偿款很快就会打到账户上。"以至于有了越发胆大的象群偷喝了几十公斤农家苞谷酒，集体醉倒在茶园里的有趣情形。

生活在这片土地上的人们，曾因不懂得感念上苍的恩德，几乎将这片万物赖以生息之所破坏殆尽，在遭受了自然法则的惩戒之后终于幡然醒悟，开始珍爱这片土地并悉心加以维护。

1981 年，云南省政府下发《关于建立自然保护区的通知》，西双版纳州建立国家级自然保护区 5 片。勐腊县境内有勐仑、勐腊、尚勇 3 片，面积 170 万亩，占全州 5 片总面积的 50%。

2014 年，经西双版纳州人民政府批准成立西双版纳易武州级自然保护区，保护区位于勐腊县境内，地跨易武镇、瑶区乡与勐伴镇，区域面积 33369.9 公顷。

由于历史的原因，保护区内留存有茶园，世代在此生活的茶山民族赖此为生。保护区需要保护，茶农需要生存，由此造成的植茶毁林现象屡有发生，引发媒体的关注。这需要地方政府探索出一条切实可行的路径。

勐腊地势自东北向西南倾斜，三山（雷公岩、象明山、黑水梁子）鼎立，二水（罗梭江、南腊河）环流。山因茶而闻名，水因茶而飘香。

澜沧江是一条茶的河流，澜沧江下游西双版纳州两岸山脉是茶的原乡。西部怒山余脉中分布着南糯山、帕沙山、布朗山、勐宋山、巴达山与贺开山等江外古茶山，东部无量山余脉分布着攸乐山、莽枝山、革登山、倚邦山、蛮砖山与易武山等江内古茶山。江内古茶山中景洪市基诺山乡攸乐山，勐腊县象明乡莽枝、革登、倚邦与蛮砖山，易武镇、瑶区乡、勐伴镇与易武茶山，堪誉为普洱圣地。

罗梭江发源于普洱市宁洱县境内，流经江城县整董乡，景洪市普文乡及勐腊县境内象明乡、勐仑镇，至芒果树乡拱丙村注入澜沧江，全长

370公里，县内流程213公里。罗梭江支流有龙谷河、磨者河、曼庄河、勐醒河等。南腊河发源于勐腊县勐伴镇象滚塘后山和大青树梁子之间，流经勐伴、瑶区、勐腊和勐捧坝子中央，沉流向芒果树乡境内至中、老、缅三国交界处注入澜沧江，全长120公里。南腊河支流有布龙河、南窝河、南满河、南润河、南远河等。沿着澜沧江下游以东两条支流罗梭江、南腊河溯源而上，在山间、峡谷、沟箐中无数条溪流的方圆左近，星罗棋布着无数片古茶园，得益于山水的滋养，孕育出了世间最具曼妙韵味的普洱茶。

勐腊县土地面积7093平方公里。地势北高南低，由东北向西南呈阶梯状下降。平均海拔1000米，最高点2023米，最低点477米，县城海拔639米。山区高地占全县总面积的95.63%，县内共有大小山峰4023个。黑水梁子为全县最高山峰，主峰海拔2023米。孔明山，海拔1788.2米，坐落在六大茶山之中，为县境内第一大名山，山中有块平台叫祭风台，俯视山下，滚滚罗梭江尽收眼底。山间盆地（坝子）占全县总面积的4.37%。勐腊县万亩以上的坝子有勐捧、勐润、勐满、勐腊、勐仑、勐伴6个，千亩以上的小坝子有勐醒、尚勇等45个。

勐腊县辖5镇8乡，下辖有70个行政村，544个自然村。1990年，全县17.87万人，人口密度25人／平方公里。少数民族云集聚居，共有26个民族，少数民族12.6万人，汉族占总人口27.95%，少数民族占72.05%。主要由汉、傣、哈尼、彝、瑶5个民族构成。1990年普查，傣族主要分布在勐腊镇、勐仑镇、勐捧镇、勐满镇、勐伴镇等坝区。民以食为天，农耕文明时代，凭借人口、文化等优势，傣族长期占据统治阶级地位，他们临水而居，稻作为生，居舍为干栏式建筑，信仰南传上座部佛教，宗教场所佛寺（傣语称为瓦）遍及各个坝区，孕育出了内蕴丰厚的民族文化形态。哈尼族、彝族、瑶族主要分布在象明乡、易武镇、瑶区乡等山区，以游猎、茶作为生，长期处于傣族的统领之下，新中国成立后逐步取得了各民族平等、和平共处的生存、发展局面。汉族多数分布在易武乡，历史上多从事开垦种植茶园工作，因茶通商贸易迁徙至此。普洱茶文化体系是不同民族之间文化形态碰撞、交流、融合的成果，成为茶文化体系中熠熠生辉的璀璨明珠。

崇山峻岭、河流纵横的天然地理条件，曾经使得内外的交通都充满艰辛。连通易武、倚邦、思茅、宁洱的茶马石板道，蜿蜒数百里，花费万金，耗时数年始成。仅仅只是一条横亘在倚邦与易武之间的磨者河，曾经在道光十六年（1836）修建永安桥，道光三十年（1850）复建圆功桥，民国八年（1919）又建承天桥，耗费了无数的人力、物力、财力，最终都先后毁于滔滔洪流。1963年，勐仑罗梭江公路桥的建成，成为当时的盛事。仅仅在数年之前，连通茶山村寨的道路尚且被视为畏途。又从何时起，罗梭江、南腊河与澜沧江上，条条桥梁飞架南北，天堑变通途？曾几何时，茶马古道不再有马蹄声响、马锅头的声声吆喝？徒留残存的石板道供人们凭吊怀古。往事并不如烟，变革就时时发生在并不遥远的昨天。

如今，勐腊是中国大陆通向中南半岛的走廊，澜沧江—湄公河化身为黄金水道，延伸至边境磨憨口岸的高速公路，未来即将修建完成的玉磨铁路，水路、公路、铁路，条条大路可达缅甸、老挝、泰国、柬埔寨、越南诸国，进而抵达南亚各国。这是否会成为新时代的茶路？以茶作为纽带，以文化连接情谊，在国与国之间，民族与民族之间，文化与文化之间，是否会再次交流、融汇，绽放出璀璨的茶文化成果？我们期待新时代的到来。

　　勐腊，好似最为熟悉却又令人时时感到陌生的茶乡。我们熟悉的是象明乡与莽枝、革登、倚邦与蛮砖茶山，易武镇、瑶区乡、勐伴镇与易武茶山，我们陌生的是小城勐腊的诸多地方。明清交替之际，抗清将领李定国转战病逝于勐腊（另一说在景线），勐腊各族人民奉李定国为神，称其为"召法王"（天王官之意），建以祀祠祭奠纪念。传说中，他生前竭尽全力未能保全的永历帝后裔殁于茶山，其地王子山却成为后世最具传奇色彩的曼松茶产地。在勐腊这片茶的土地上，到底还写就有多少时而慷慨激昂、时而婉转悲凉的普洱茶故事？明天的明天，等待着人们去探索、去追寻。

莽枝山寻茶记

普洱六山记 · 当代篇

莽枝山云海

"山有林兮木有枝,心悦君兮君不知。"《越人歌》里对心上人的浅吟轻唱,像极了热爱莽枝山古树茶的人们深入国有林深处寻访古茶园的心路历程。

从西双版纳州勐腊县勐仑镇出发,沿着象仑公路驱车前往莽枝山寻茶。才没有几年的光景,从勐仑镇至象明彝族乡的这段公路,又如往日一样破烂不堪。赴云南入山寻茶,旧有经验可资参考的价值有限,路况尤甚。就如同眼前的这条象仑公路,来自雨季的侵蚀,加之车辆的碾压,路况令人糟心。这里似乎陷入了一种年年修、年年毁的恶性循环,让人无奈。即使早有准备,就算我们乘越野车,也只能放慢速度,艰难前行。

车辆行至曼赛,左转进入通往安乐村的乡村道路,却正逢道路大修,既往铺就的弹石路面被推土机铲掉重新铺设。施工车队的大小车辆来来往往,糟透了的道路施工现场,用来修葺路边排水沟的青石堆在路面上,整整占据了一个车道。

行至半山腰,迎面一排重载大卡车从山上下来,回头看看,车后紧跟着一长溜越野车。自觉的越野车,紧贴着路边停下,给对面的大卡车让出堪可通行的道路,却见大卡车司机一动不动,嘴里喃喃自语:"反正我又不赶时间。"回头再看,原来有不懂规矩的越野车横在路中间,居然等下坡的重载大卡车让路,真是让人又好气又好笑。有看不下去的司机上前冲着越野车司机一通吼,手忙脚乱的越野车司机,越是着急,越是动辄熄火。"下来,让我来!"后车司机都忍不住了。这时,坐在越野车副驾驶位置的黑壮汉子,一脸不情不愿地换到驾驶坐上,熟练地倒车贴边。这一通操作让人看得目瞪口呆,老司机居然宁肯让新手堵路练车技,也没个自觉主动避让。茶山行,路难行,行路难,由此可见一斑。

好容易从拥堵路段脱身,守兴昌号掌门人陈晓雷的电话打了进来,当天适逢公祭茶祖武侯遗种1793周年暨安乐村委会第二届普洱贡茶文化节,仪式马上就要开始了。交代大家坐稳扶好,不能再顾及大家乘车感受舒适与否了,解伟涛开着车在颠簸的山路上全速前进。车至牛滚塘,右转直行,遇岔路口,左转奔石良子方向。开出数公里之后,只见前方彩旗飘扬,正是孔明山举办庆典活动的现场。

早早在此等候的冯华大哥迎了上来。大家围上金黄色的围巾,再佩戴上贵宾证,急忙赶往主席台。安乐号的后人李师程先生、倚邦土司曹当斋的后人曹孟良先生、茶学专家曾云荣先生、张顺高先生、茶农代表丁俊先生、守兴昌号掌门人陈晓雷先生等一众贤达云集,为茶祖孔明雕像揭幕。当地的众多土著载歌载舞,欢庆节日。守兴昌号掌门人陈晓雷为茶祖孔明雕像捐资一万元,他的名字连同众多捐赠单位、个人的名字一起,都被镌刻在了功德碑上。

庆典仪式圆满结束后,大家驱车回到了位于牛滚塘大街上的守兴昌

嘉宾们为茶祖孔明雕像揭幕

号茶叶初制所。这个初制所位置极好,扼守通往莽枝茶山、革登茶山的咽喉要道,曾经是五省大庙的遗址。如今院落中还留有一方石碑,惜乎早前无人看管,历经风雨的侵蚀,风化严重,所能辨识出的文字无多。碑额题刻为"永垂不朽",右半边为序,序文中先是对环境的描述"浮萍铺水绿,蛙鸣两岸"。之后是对建庙时间的推测,"紫气显照于其中耳","顾此庙之设由来已久"。再述庙址风水好:"状若虬龙,诸峰之巅,如星拱垂,庙采斯所。"建造中遭遇火灾,"道光六年,众捐重修为土木未完之际,即遭回禄之殃"。重视祭祀"居室不眠,圣为礼曰:君子将营宫室宗庙为先"。最终建成,"是以为序,今将所捐功德者姓名开列于左"。后面是捐款者的姓名、捐资数额。残存碑文语句显示外来汉族一并将自身的习俗与宗教信仰带到了

永垂不朽碑

五省庙香火地界碑亭

茶山。有意思的是初制所的主家丁俊大哥,从东北辗转落脚茶山后心心念念想要复建大庙,盼望昔日庙宇香火鼎盛的景象重现于世。苦心人,天不负。还真的给丁俊大哥意外地发掘出了五省庙香火地界碑,并在初制所背后自家茶园中建造了一座碑亭纪念。或许,这预示着一个新的开始。

站在初制所院中,居高临下可以俯瞰整个牛滚塘大街。历经岁月沧桑,牛滚塘大街几易其主,如今成了当地政府安置从红河州迁至此地的苗族人的地方。彝族、基诺族、瑶族、苗族、汉族等众多的莽枝茶山族人,在这欢庆的日子里齐聚牛滚塘大街,共同享用长桌宴上的各色美食,欢声笑语响彻整条大街。

能够参加这次活动,完全属于行大运撞上了,而我们此行的主要目的仍然是入莽枝茶山寻找心仪的古树茶。

去年秋天来到莽枝山寻茶，守兴昌号掌门人陈晓雷特意赶上山来接应。得知往年我们在莽枝山探访的古茶园都是环绕在秧林、红土坡村寨周边的古茶园，于是特意带领我们前往莽枝山国有林深处寻访生态环境最为完好的古茶园。

我们租来的大众两驱越野车被停放在了牛滚塘路口守兴昌号茶叶初制所院内，换乘陈晓雷开来的四驱吉普越野车。过了牛滚塘大街不远，转上一条小路，砂土路面坑洼不平，越野车发动机轰鸣作响，飞驰而过，道路两旁横生的树枝杂草抽打在车窗玻璃上噼啪作响。

愈往雨林深处，生态环境愈好，举头仰望，高耸入云的树木，湛蓝的天空中白云朵朵，有一种眩目的美感。

几公里之后，车辆停放在一个土台上，看起来似乎有人为修造过的痕迹。晓雷介绍说："这里曾经是当地土人祭祀的场所，被唤作龙垛。"也许受到这个说法的感染，举目四望，周遭隐隐笼罩着一种神秘的气息。

沿着龙垛边上的土坡下探，整个山坡上都满天星般散布着众多的古茶树。头顶上是参天大树，脚底下是丛生的野草，许多不知名的野花盛开，散发出幽幽的香气，四周弥漫着清凉的山野气息，仿佛觉得身体上的每一个毛孔都舒展开来。

久久徘徊后，恋恋不舍地往回走。晓雷或许是看出了我们如此喜爱这国有林深处的古茶园，毅然决然地带领我们前去探访另一处名为江西湾的古茶园。

行至路穷处，下车一路步行前往。道路两旁，还留有以往房屋院落留下的遗迹。让人忍不住感慨，回望有清一代，江西籍的茶商，无畏千难万险，深入这苍茫的古茶山中，贩售茶叶。或许是他们的后人，定居在这山林深处，并亲手植茶，为后人留下了这片古茶园。

国有林深处的江西湾古茶园，大都分布于陡峭的山坡上。同行的梵音眼尖，一眼瞅见了一棵树干粗壮的古茶树。多年习练太极拳造就了矫健身手，只见她步伐轻省就下到了古茶树的边上。按捺不住心中的喜悦，我决定下去一看究竟。一步步往下走的时候，一个不留神，脚下打滑，整个人跌坐在地上，顺着山坡就滑了下去。人在遇到危险的时候，会激发出惊人的本能，几乎不加思索就伸出双手，紧紧抱住身边的一棵大茶树，想来那个时候定是满脸惊恐的表情。一边上被吓呆了的众人心想着我恐怕是要跌落谷底了，根本就没有想起来拍照，更别说录像了。险情还是给我留下了深刻的教训，入山寻茶，万不可以身犯险。

今年春天再访莽枝茶山，丁俊大哥提出来带着我们去看江西湾另外一片国有林古茶园，我们换乘陈晓雷的吉普牧马人与另外一辆勇士越野车一同前往。这次走的是另外一条路，道路逼仄难行，最后一段路，为了防止车辆难以掉头，艺高人胆大的司机硬是把车辆从一个长长的土坡上倒了下去，坐车的我们都惊出了一身冷汗。

正值头春茶季，眼前这片江西湾国有林古茶园里，四下都是忙碌的采茶农人。丁俊大哥特意带着我们去看一棵大茶树，走近细看真是让人惊叹不已，树高足有近二十米。这棵茶树无疑是普洱业内人士青睐有加的高杆古树。或许正是因为生长在这阴山坡谷里，为了获取更多的阳光，才激发茶树演生出如此这般的挺拔身姿。据丁俊大哥介绍："莽枝茶山、革登茶山地界内最高大的就属这棵古茶树了。"

看到大家一脸的惊叹艳羡之情，丁俊大哥幽幽地来了句："这棵树上头春采下的鲜叶，6000元一公斤，茶已经被人家定了去了，卖的就没有了，喝一泡的还有。"闻听此话，大家立马来了精神，催促返回喝茶。

再次回到牛滚塘大街的守兴昌号茶叶初制所，已经是傍晚时分，听从晓雷的建议，我们决定将今天从国有林收回的鲜叶先行加工出来。

烧火、刷锅，早来了许多时日的冯华大哥，已经谙熟炒茶的准备工序。这般金贵上好的鲜叶，容不得有半点闪失，晓雷决定亲自上手炒茶。

以历年来行走茶山所见，守兴昌号掌门人陈晓雷的手工炒茶技艺精湛，兼具美观与实用性。这一点，既往只有在名优绿茶的手工炒制中才可以见到，而在晒青茶的加工中难得一见。为了保障茶的品质，作为当家人亲身上阵，锤炼出一身精绝的炒茶技艺，已经成为中小规模顶级普洱茶厂商的范式。

傍晚的阳光开始变得越来越柔和，洒落在奋力炒茶的晓雷脸庞上，一旁做助手的乐乐上前拭去晓雷脸上的汗水，以防落入炒锅当中。

杀青完成后出锅，摊凉之后，晓雷开始示范手工揉茶。不独仅为揉捻成形，手工揉茶的过程中，亦有理条的工序，如此

守兴昌号掌门人陈晓雷手工杀青

加工出来的毛茶,条形更挺直美观。

　　炒茶结束之后,大家团团围坐,丁俊大哥毫不吝惜地抓出了一大捧江西湾国有林高杆茶树王单株毛茶。这显示出而今人们对古树茶品质的追寻,已经到了极至的地步。硕大的盖碗,一大捧毛茶全都放了进去,烧开的沸水一下子就冲了进去。"我不管第一泡洗不洗,反正我自己是要喝的。"丁俊大哥自顾自地端起杯子,猛啜了一大口,对茶的热爱与怜惜溢于言表。轻手泡的莽枝茶树王高杆单株毛茶,汤色近于浅白,清澈透明,闪烁着诱人的光泽;轻啜一口,初觉似乎无味,旋即却似一泓甘甜的清泉从口腔中滑过,真真如丝般柔顺;再三品啜,回甘迅猛持久,齿颊生津,喉头舒爽;细闻香气,似有若无,犹如幽雅的兰香,又有清新自然的果香,渐渐散发开来,沁人心脾,令人怡悦。那种强烈的山野气韵,无以言表,令人心醉。

　　远眺群山,一轮红日西沉,又一天过去了。耳畔仿佛回响

莽枝山古树晒青毛茶

起呓语：有多少像你我这样的爱茶人，脚步匆匆，行走在这茶路上，为了远山的呼唤，为了心仪的古茶，无畏艰难险阻，只为一生所爱。

守兴昌·相思·莽枝

当代篇

普洱六山记

革登山寻茶记

革登茶山宣传牌

每一个时代都有应许之茶,我们生活的这个时代注定属于普洱。我们连年到访普洱茶的原乡西双版纳,深入六大茶山探源普洱,寻找普洱茶生生不息的奥秘。

以往到访革登茶山,只能住宿在象明乡街上的客栈,每天早出晚归,来去匆匆,难免辗转奔波之苦。今年春茶来临之际,友人从茶山上传来好消息,牛滚塘街上新修的客栈已经落成,这可真是让人喜出望外的一件事,山上有了落脚处,自此可以尽情自在地深入村寨寻茶,不再有后顾之忧。

六大茶山中的莽枝、革登、倚邦与蛮砖四山全都隶属于勐腊县象明乡,安乐村委会辖地就有莽枝与革登两山。村委会办公楼坐落在牛滚塘街上,刚好可以俯瞰位于山脊上的牛滚塘街。有清一代,牛滚塘街曾经是外来商贾云集之地,也是引爆改土归流设立普洱府的"麻布朋事件"的发生地。牛滚塘街伴随着普洱茶的兴衰起伏,如今再度成为莽枝、革登两山的中心所在,作为历史见证的大青树依然枝繁叶茂,仿佛无言地诉说着过往岁月的故事。

过牛滚塘大街数公里处的岔路口,一边通向石良子,另一边通向新发。路边竖立着一块硕大的宣传牌,宣示自此开始进入革登茶山地界。行政意义上的革登茶山隶属于安乐村委会新发、值蚌、新酒房、撬头山、白花林、石良子、石马鹿七个村民小组,是六大茶山中面积最小的,辖区面积却逾150平方公里,现有茶园面积10855亩。短短数年的时间,连通各个村寨的公路已经修建一新,从过往尘土飞扬的土路改造成弹石路,进而升级成了柏油路。青石板建造的茶马古道上人欢马叫的喧嚣景象已经消散在岁月深处,柏油路上奔驰的车辆绘就当下的时代景象,变迁的是道路交通条件与运输工具,不变的是连接原乡与远方的普洱茶。

曾经生活在这片土地上的原住民,只留下了山名"革登",有人认为这源自布朗族语言,意为"很高的地方"。现在已经荒芜无人居住的革登老寨,曾经是阿卡人生活的地方,有人认为是"阿卡老寨"。据道光《云南通志》记载:"其治革登山有茶王树,较众茶树高大,土人当采茶时,先具酒醴礼祭于此。"传为武侯遗种处的茶王树遗址至今犹存,树坑里又长出的一棵茶树,与其说当地人笃信这是茶王树的后裔,毋宁说这是一种精神寄托。遗址处有两块碑:其一为 2004 年所立,茶祖诸葛孔明植茶遗址;其二是 2005 年所立,祭茶祖孔明公文。文献记载、碑文都出自汉族人的手笔,历史传承总有出人意料的地方。除此外,再无更多的信息。或许阿卡人遗留下来的古茶树是过往的历史见证,它们洞悉一切并且保守了秘密。

外来移民重塑了茶山的面貌,处处留存有他们的遗迹。去年春天,在守兴昌号掌门人陈晓雷带领下,我们从新酒房出发,驱车沿着土路直奔革登老寨,数公里之后,车停在遗址附近。向远处眺望,孔明山巍峨耸立,旁边的革登老寨已经成了荒地。附近的丛林中,留存有一座大庙的遗址。我们小心翼翼地穿过密密麻麻的灌木林,在丛林的深处,能够看出旧有的建筑地基尚存,随地都是柱础、青砖、灰瓦等建筑构件。靠着一棵树干,立着一方碑刻,历经风雨侵蚀风化,除了碑额"万善同缘"四字尚且比较清晰,碑刻文字大都已经漫漶不清了。六大茶山,类似的遗址随处可见。有的是会馆,有的是庙宇,还有更多已经无法考究名称与用途。可以肯定的是,这些大多数都是外来的汉族移民所建,他们将自身的宗教信仰、民族习俗等文化体系一并带到了茶山。

茶祖孔明植茶遗址

万善同缘碑

据我们的所见所闻，宣称为"贡茶之源，生态彝乡"的象明四山，许多茶农本是外来汉族移民的后裔，至少都有汉族的血统。据说当年为了筹建象明彝族乡，一并将众多乡人的身份证都认证为彝族的，这在云南茶山并不罕见。正如当地一位茶农朋友所言："我们家祖上本是江西的汉族，也与其他民族通婚，现在说是汉族也不纯正，身份证上归到彝族，实际上对彝族习俗也不怎么了解。"其神情显得有些茫然，最后加重语气说："不汉不彝！"民族的融合，文化的交融，面向未来，只会愈演愈烈。在时代潮流的裹挟下，个体或者族群的命运，并不以某些或某个人的意志为转移。

相较于六大茶山中其他的五座茶山，革登茶山古茶园面积不大。即使与毗邻的莽枝茶山相比，革登古树茶的产量亦已处于下风，好在产量稀少的同时，品质却向来不俗，因而在价格上略高于莽枝古树茶。

从革登老寨回到新酒房，我们听闻附近的箐子里有古茶树，立马来了精神。晓雷在头前带路，径直走到了箐子边上。从上向下俯瞰，坡度之陡，近乎垂直，让人看了不免心惊肉跳。好奇心战胜了内心的恐惧，我们手脚并用，小心翼翼地沿着陡坡上凿出的坎，一步步下到深深的沟箐底部。抬头仰望天空，阳光透过枝叶的间隙，斑驳的光影散落一地。头顶树木绿荫如盖，地上绿草如茵，环顾四周，都是围径粗壮、干茎挺拔的乔木型古茶树。似这般生长环境，正是古茶树的乐土，少有人为干预，生长得自由自在。所出古树茶，极富特色，茶质苦重，山野气韵强烈，自然更珍贵，向来都是爱茶人的心头好，即使遇到丰稔之年，亦所出无多，而追捧者颇众。往回走的时候，我们颇显狼狈，几乎是四脚着地，一路气喘如牛爬上来的，驻足立定半天，心脏仍狂跳不止。好茶向来不易得，非亲身经历，不足以感同身受。

连片面积较大的革登古茶园，位于值蚌后山。叫上新发老寨相识已久的茶农唐旺春，一路开车到值蚌通往古茶园入口处，为了保护古茶园的生态环境，前方铁栏杆拦路作障，不允许车辆驶入。下车一路向前走，带状环绕山间的道路两侧坡上坡下尽是连绵不绝的古茶园。一眼望去，一个年轻姑娘站在十多米高的树杈上正在采茶，几番调整角度，还是没有办法拍到理想的照片，唐旺春大声召唤："美女，转过来拍个照嘛！"不喊还好，喊了以后，姑娘转过身去，只留给我们一个背影。

继续往前走，唐旺春特意带领我们爬上坡去看一株特殊的古茶树，来的时机刚刚好，茶树萌发正旺，新梢呈现出典型的玉白色，在阳光的照射下璀璨如玉，煞是好看。唐旺春说："这株茶树每年发出来都是这个样子！"白化的灌木型茶树见过不少，类似的古茶树还是第一次见。我们建议他叫人好好照看这株茶树，因为这或许是一种宝贵的种质资源。

边走边聊，不知不觉间，一路走进去数公里之遥，总算在一个陡坡上见到了革登最大的古茶树。交代大家小心脚下、注意安全，随后慢慢靠近古茶树，每个人的脸上都流露出幸福的笑容，相机将这一刻的画面定格下来。

回转新发老寨，午饭过后，唐旺春开始准备炒茶。近年来革登山新栽小树茶园渐次开始采收，鲜叶洪峰时期数量极多，普遍已经改用滚筒杀青机炒制，揉捻机揉捻，实现了家庭作坊式的机械加工。而价值高的古树茶鲜叶，则备受珍视，客户肯出高价收购，茶农也不吝体力，锅炒手工杀青，手工揉捻。除了炒制技术，毛茶对于天气极为依赖。只有遇

革登山古树晒青毛茶

到连续晴好的天气,放在阳光下竹匾中一天晒干的毛茶,才有着最为曼妙的香气与滋味。

今年春天,离开革登茶山的最后一站,我们沿新发公路直奔撬头山。在岔入村子的路口,新建了一座漂亮的石牌坊式门楼。或许要不了多久,茶山的各个村寨,都会纷纷仿效建造寨门。即便是同处一座茶山,每个寨子的古树茶,还是有着微妙的差异。寨门会引得慕名寻茶之人在此留影,无疑是茶山村寨最好的宣传方式之一。

位于半坡上的撬头山,寨心的一棵树开满红花,在蓝天白云的映衬之下,展现出一种动人心魄的美感,听闻其名为凤凰花,好听又贴切。茶农李贵强的家就在边上,依山而建的房屋,是看山、看景、喝茶的好所在。正午的阳光酷烈，却最能彰显茶香与滋味。闲坐茶叙，李贵强无意间提及寨子入口处那一栋楼房也是郑州人建的："来了我们这里，特别喜欢，索性盖了栋房子，每年茶季来住上一两个月。"任是这深山更深处，总是会有爱茶人循香而至，乐而忘返。

抬头仰望蔚蓝的天空，你看那白云来去如斯。倚栏遥望远山中的道路，你看那人们来了又走。多少次在茶山上迎来日出送走日落，多少回欢聚这花树下相约茶叙。云聚云散，人来人往，日出日落，花开花谢，青山不老，绿水长流，唯有这一盏茶馨香如故。

守兴昌·明珠·革登

当代篇

普洱六山记

曼林寻茶记

曼林古茶山

千里之外的云南,最是叫人想念,想念那里的蓝天白云,想念那里的青山绿水,最最叫人惦念的仍然是藏诸深山的古树茶。

老友的邀约不期而至,总是叫人满心欢喜。年年春天,携同一众爱茶友人,不远千里奔赴彩云之南的西双版纳州,深入西双版纳州国家级自然保护区深处的古茶山寻源问茶。

西双版纳州的古茶山,以澜沧江为界,分为江内六大茶山与江外六大茶山。江内六大茶山业内习惯上称之为古六大茶山。独独只有一个攸乐山,也唤作基诺山,归属于今景洪市管辖。另外的五座古茶山,均隶属于勐腊县。其中漫洒山、易武山归今易武辖区,而今都算作易武茶山。另外四座古茶山,包括莽枝山、革登山、倚邦山与蛮砖山,都归于今象明乡辖区之内。

雍正《云南通志》记载:"茶,产攸乐、革登、倚邦、莽枝、蛮砖、慢撒六茶山,而倚邦、蛮砖者味较胜。"依此而言,古六大茶山真真是实至名归了。

从西双版纳州首府所在地景洪市驱车出发,经213国道过攸乐山至勐仑,出勐仑后沿着连接象明彝族乡和勐仑镇的象仑公路可直达象明乡。

岁月变迁,山河依旧,行政区划却时有调整。今时的蛮砖古茶山分属于象明彝族乡曼庄村委会、曼林村委会的管辖,它们统属于文化地理意义上的蛮砖古茶山。伴随今时今日普洱名山古树茶小产区的勃兴,蛮砖茶山也在悄无声息地发生裂变,就如同位于高山上的曼林,相识已久的茶农并不认同曼林属于蛮砖古茶山,掷地有声地宣称:"曼林就是曼林!"倘若借用艺术的方法对古树茶的风格进行划分,曼庄茶的整体风格偏向于阳刚型,而曼林茶的整体风格更近阴柔型。浓烈也好,柔美也罢，究其内质都是上好的名山古树茶。

典籍的记载，使我悄悄将曼林的名字镌刻在了心上，友人的宝爱，则显于眉目言语之间。多年前，就曾收到两位专事普洱茶生意的韩国友人金成勋、罗善英夫妇亲手做的 2007 年曼林古树春茶，一开始并未放在心上，甚至许久都不曾动过念头去打开喝一下，直到前几年，无意间打开，才只喝了一口，当下顿时觉得懊恼不已，我这是错过了多好的一款茶啊！由此，对曼林丛生向往之意，可惜的是，早前几年，每每都与曼林古树茶有缘无分，眼见从象仓公路通向曼林高山崎岖坎坷的土路，再低头看看我们自己驾乘的别克商务车，唯有望山兴叹，一次次擦肩而过，始终未曾得以亲眼目睹曼林古树茶的真容。

心有所念，终有回响。经由益木堂主王子富先生的带领，我们在 2015 年的 11 月下旬得以到访曼林，至此之后，每年春季前往六大茶山访茶，曼林都是必定前往寻茶的去处。又是一年春来到，夜宿象明彝族乡的客栈，晨起早早地用罢早餐，出发的前夕，开车的解伟涛注意到我们的现代越野车轮胎报警，于是调转车头先往象明街上的修理厂检测，还好并无大碍，再次驱车上路。

导航显示从象明街到曼林高山上的目的地将近 28 公里，却要耗费 1 个小时左右，行走云南古茶山，这已经算是非常有效率了。从象明街出来向曼赛方向行驶十多公里，左转上曼林的路口，一辆正在施工修路的挖掘机挡住了去路。同车的李换霞下车去询问，一个套着工装马甲的年轻人回复说："要一个小时之后才放行！"开车的解伟涛下车去同一位年长的施工人员商量了好一会儿，或许是看到我们来自外地，到这里实在是不容易，终于点头答应放我们过去。挖掘机让开半幅道路，越野车左侧紧贴着挖掘机,右侧的轮胎压着路肩勉强挤了过去。这已经是非常幸运了。

曲折迂回的山路,道路逼仄狭窄,需要不断鸣笛示警,提醒对面驶来的车辆。从山脚到山顶,一直都在茂密的橡胶林中穿梭,这是爱茶人向来忧心的地方,总觉得早晚有一天,这漫山遍野都会被橡胶林覆盖。还好一位当地的朋友讲:"海拔超过800米,橡胶树就不怎么出胶了,也就没人愿意去种了。"闻听此言,让人心下暗暗松了一口气。茶人眼中最宝爱的自然是古茶树,而在这巍峨的高山上,橡胶亦是当地人所仰仗的衣食所在。民以食为天,作为来去匆匆的过客,我们无权指摘当地人的选择,毕竟他们要在这里年复一年日复一日地生活下去。

绿树成荫的山路上,地面有些潮湿,伴随着海拔高度上升,窗外山谷间雾气缭绕,同来的许婧不断赞叹:"太美了!"真正云海特别美的时候,却是在秋季。去年秋天来曼林寻访谷花茶,车辆抵近曼林的高山之巅,远处的云海浮现,灿烂的阳光,洁白的云朵,真正是美轮美奂,同行的大姐杨晓曼,将这美景尽都收入相机。

车到一个岔路口,停车向过往路人询问得知:"左行是曼林,右行是高山。"时间尚早,我们便开车到高山村闲逛。正值茶季,村里少有年轻人在家,只有孩子们三五成群嬉戏玩耍。向孩子们询问家长的去处,孩子们回答:"去茶园采茶了。"然后就去一边接着玩儿了。从高处俯瞰整个高山树,像是一个扶贫村,大多数村民的房屋建筑修造得样式相同。连门口贴的对联都一样,上联"坚定信念跟党走",下联"脱贫致富奔小康",横批"精准扶贫"。门口贴的扶贫明白卡也印证了我们的猜想。仔细一看,其中一条引人注意:种茶树13亩,产量30公斤。

这很有可能是新栽的小茶树，尚未进入正式的盛产期，只是稍微试采一点点的收获。

继续前往相熟的茶农家里，正好遇上有人上山找他订茶，手里提着礼物，怀里还抱着一瓶茅台酒。喝茶的时候聊起此事，相熟的茶农滕少华大哥笑着说："这个茅台酒喝不惯，还没有我自己烤的苞谷酒好喝。"引来一片善意的笑声。

与茶农大哥闲话家常，获知他们夫妻有三个孩子，两个女儿，一个儿子。大女儿大学毕业后嫁到了昭通，二女儿在勐腊上班，今年五月份小儿子也要大学毕业了。这真是了不起的成就，背后的甘苦，只有为人父母者才知道。

四年前来曼林寻茶，曾经见到一棵大茶树，为他处所罕有，此后三年间却再未见到过。于是将之前拍的照片拿给他看，他说："不知道这棵树还在不在，这几年好几棵大茶树都死掉了。"这让我心下为之一惊，虽然这么多年来，也确曾目睹古茶树的腐朽衰亡，内心深处还是希望它生命之树长青。茶农大哥打过电话询问后对我说："树还在！"这让我心下松了口气。

当我们提出让他坐我们的车带我们去看大茶树的时候，他摆摆手说："不用，走路很近。"于是我们一行跟在他身后一同前往，穿过街道对过茶农家的庭院，从小路一路步行往下走，十多分钟之后，大茶树再次出现在我们的面前。看到这隔了整整三年，近在咫尺却遍寻不见的古茶树，让人心生感慨。于是拉着大家一起，与大茶树合影留念。茶农大哥说："今年头春，这棵大茶树上的鲜叶，卖到了400元一公斤，整棵树上采下的鲜叶，拢共就做了不到一公斤干毛茶。"大茶树的旁边，还有两棵茶树，

曼林茶树王

树干已经中空，眼见已经进入暮年了，徒让人多了一份惋惜之情。

茶农大哥院子里的一棵树上吊着一个铁丝编的笼子，里面养着一只棕胸竹鸡，垂眉耷拉眼昏昏欲睡的模样，一只蜘蛛落在了笼子上，竹鸡瞬间伸出尖尖的喙将其啄食，然后犹觉不足地歪着脑袋向笼子上寻找猎物。"就像家鸡一样好养，我已经养了五六年了，可以活十多年呢！"茶农大哥介绍说这竹鸡神奇的地方在于可以预知天气变化："头天好好的晴天，竹鸡一叫，第二天肯定下雨。"这倒是十分有趣，相当于自家有了个宠物天气预报员。

最近三年，每年春天到访曼林，都习惯性地去茶园走上一走。春意在枝头，鲜叶竞萌发。曼林高山的茶园总计有四千亩之多，其中有两千多亩的茶园分至农户，100多户人家的曼林，每户平均有20多亩茶园。余下的茶园分布在国有林里：地是国家的，茶采了归茶农。曼林古茶园，随处可见围径在 50 厘米以上的大茶树。抽样测量，大多数属于大叶种、特大叶种，新梢芽叶肥壮，模样看上去煞是喜人。

今年的曼林头春茶季已近尾声了，茶农大哥的爱人说："前期下雨，气温高，茶树一下子都发了，二十多个人一起去采都采不赢。"采茶的小工都是从山下的傣寨请来的，按天结算工钱，130 元到 160 元一天，算上吃住，一天下来都合到 200 多元了。这一笔账，茶农算得清清楚楚。

在茶园里碰上有人采茶，闲谈得知，这位上了年纪的大姐，是我们相熟茶农滕少华的姐姐。象明乡的四座古茶山，地域面积广阔，现代通信条件的改善，人和人之间的联系非常紧密。"每天象明五个村委会的支书通一下电话，当天茶叶的行情就清清楚楚。"茶农大哥这样告诉我。傍晚时分，茶农大嫂生火烧柴，准备开始炒茶。我注意到有两口炒锅，一盘灶烧煤气，另一盘灶烧柴。茶农大哥说："烧煤气的灶是政府挨家挨户推广的，我们自己还是习惯烧柴，春茶一季我家就二百多公斤毛茶，也烧不了多少柴。"

大嫂烧柴，大哥炒茶，夫妇两人配合默契。大哥笑着说："烧火的是师傅，炒茶的是徒弟。"刷锅、试温、入锅、炒茶，都是大哥一力完成。不时传话大嫂："加火""撤火"，手脚麻利的大嫂送柴入灶、抽柴出灶，一送一抽之间，温度调节恰到好处。

曼林茶向来受到广东消费者的青睐，今年就有个老板来

毛茶拣剔

收了两三吨干毛茶。本地勐海一家茶厂坐地设下初制所，每年的量在五六吨。只是茶农大哥似乎不太喜欢他们的炒茶方法："炒得太生了嘛！茶跟水果一样，都是熟了才好吃！"

茶炒好了以后出锅，薄摊在竹匾上摊晾，不时用双手将其抖散开来，助其快速散热，十多分钟之后开始手工揉捻，团揉、抖散、理条，一个步骤都不可或缺。"我们茶农做个茶不容易啊！"滕少华大哥感叹道。

一天的时光很快就过去了，恍惚间觉得，这连续五年来春天访茶曼林的情形如同就在昨天，只是转眼又是一年过去了。

忆起五年前的秋天，相约益木堂主王子富先生一起入山访茶。王堂主亲自上手泡茶，一圈儿人团团围坐，静享清福。柴

曼林古树晒青毛茶

火烧开的水,尚且带着烟火气息,让人觉得熟悉又亲切。沸水冲瀹之下的曼林古树茶,轻手泡快速出汤,淡绿透黄的茶汤,晶莹透亮;香气幽幽散发出来,沁人心脾;入口清凉,有一种清爽的甜感,微微带涩,回甘隽永,唇齿留香。

品饮曼林古树普洱茶,总有一种强烈的气息,一如云南这苍茫巍峨的高山带来的雄浑野性之美,而这就是普洱古树茶独具的山野气韵。

我们置身这雨林深处的古茶山上,山风拂过,带来丝丝清凉。举目望向远方,红日西沉,美好的一天又要过去了。

年复一年,亲近自然,行走古茶山,品味古树茶。白天迎送日出日落,夜晚邀陪疏星淡月。在这有缺憾的世间寻找刹那的完美,在这难以成就的人生中寻找点滴的收获。这茶中有真意,欲辩已忘言!

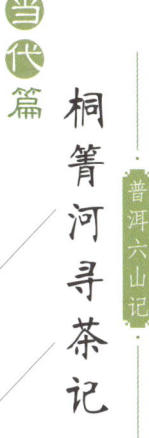

当代篇

普洱六山记

桐箐河寻茶记

溯源而上

总是在夜阑茶叙人散后，反复追问自己：入云南茶山寻茶的日子里，有哪一种茶最是让人觉得喜悦与怅惘交织在一起，在心底深处逆流成河？我想，那一定是桐箐河。

彩云之南的红土高原上，西双版纳傣族自治州的热带雨林深处，西双版纳易武州级自然保护区内，有一条河因茶而名声在外，它的名字叫作桐箐河。在过往数不清的日子里，少有人顾念这条寂寂无名的河流，以至于它的命名都显得那么漫不经心，有人叫它同庆河，也有人唤它作铜箐河，而它最为贴切生动的名字，仍然是叫人听了都心生欢喜的桐箐河。

栽得梧桐树，引得凤凰来。在云南地方语系中，两山之间，溪水长流，植被茂密的地方，常常被称作"箐"。因茶而兴，引得四面八方的茶友，循着茶香纷至沓来，名字唤作"桐箐河"最为妥帖，让人闻之神往。这不独是个人的喜好，横跨河流之上的公路桥畔，滨水而立的一块招牌，名为"桐箐河勐腊段河长公示牌"，上面清楚地标记桐箐河长度10.7公里，区间面积24.47平方公里，最终汇入布龙河，落款为勐腊县河长制办公室。这个是最叫人击节赞叹，来自官方命名的小产区了。

桐箐河常常被人们误以为是易武的小产区，这大约是因为其位于西双版纳易武州级自然保护区内的缘故。实际上，桐箐河在行政划分上隶属于勐腊县瑶区瑶族乡的范围之内。在距离桐箐河十数公里的地方，伫立着西双版纳易武州级自然保护区的标牌，标牌上介绍西双版纳易武州级自然保护区，地跨勐腊县易武镇、瑶区乡和勐伴镇3个乡镇，保护区总面积33370公顷。保护区以"易武"命名，被人误认也就不难理解了。行政区划无碍于自然的山水相连，据熟谙当地山川地理的茶农朋友介绍：桐箐河的上游毗邻易武刮风寨国有林茶坪地。如此算来，桐箐河算作广义上的易武产区，亦不为过。

久已令人心生向往的桐箐河，多年来访茶云南的过程中，却于无心间屡屡错过，每每思之叫人遗憾不已。2018年秋天，早早做好了打算，下定决心要前往桐箐河一探究竟。

久在云南茶山行走，依茶为业的守兴昌号掌门人陈晓雷先生，为此番一众茶友们前往桐箐河寻茶做了充分的准备。从勐海出发，吉普牧马人越野车头前开道，18座的依维柯中巴车紧随其后，直奔此行的落脚地易武。

已经到了十月下旬，正值采制普洱谷花茶时节，往年这个时候，逢上好天气，正是茶农们忙碌采制普洱秋茶的时候。只是2018年的气候迥异于以往，雨水多了不少，此时似乎雨季还没有退却的迹象，这让依茶为生的茶农们难免心生嗟叹："今年雨水太多了嘛！"只是自然的物候有着自身的运行机制，从不以人的意志为转移。往好的一面想，这也许是大自然在启动自身的修复能力，让以往透支过度的资源，有一个修复的过程。不独是天气不作美，就连茶树也不肯遂人愿，眼见秋茶季节都要过去了，却迟迟不见茶树萌发新梢。就像一个茶农朋友喟叹的那样："今年秋茶没有了嘛！"

车过景洪市，上了通往磨憨口岸的高速公路。近年来随着这条高速公路的修通，去往易武的行程缩减了不少时间，减轻了人们旅途的劳顿。只是望着窗外时而大雨滂沱，时而细雨连绵，总是叫人难免对此行心怀忧虑。带队的陈晓雷好言抚慰大家："只要今天晚上后半夜不下雨，桐箐河还是进得去的。"话虽如此，雨后进山的行程，还是比天气晴好时多了一份潜藏的风险。于是提醒晓雷做好万全准备，听说他早有预案，这才让人松了一口气。

车从勐仑下了高速，早已经过了晚餐时间，大家匆忙用过晚饭，继续顶风冒雨赶路前往易武。道路蜿蜒曲折，加之夜雨不绝，路程显得尤为漫长。来自湖北咸宁的姑娘但宣仪，几次三番伸长了脖子，拿着手机想要把车窗正前方看似凶险的道路拍下来，却在来回晃动的车上几乎拿不稳手机。

八年来入云南茶山访茶，春秋两季无数次往返易武，却从未觉得时间如这般漫长。直到晚上十点半，在车辆大灯映照下，易武古镇入口处的石牌坊映入众人眼帘，一行人都忍不住欢呼起来。

头前先行抵达易武的小伙子阿猛，已经为大家开好了房间。楼下就是守兴昌号驻易武办事处，同行众人里，仍然有疲惫难掩兴奋之情的茶友，团团围坐茶叙，直至夜半方才散去。唇齿间生津回甘，桐箐河古树茶典雅细腻的滋味，伴随着内心的渴盼，直至酣然入梦，犹觉茶香幽幽，韵味无穷。

清晨醒来，窗外的雨不知何时已经停了，远眺前方，如在云里雾里画里。这真是一个好兆头，或许这就是苦心人天不负吧！

八点钟准时集合，一行人到易武街上用早餐。最是一碗清淡的白米粥，能够将远道而来众人的身心抚慰妥帖。

准备工作尤为重要，为此行访茶，晓雷早有了周全打算。先行带着大家去购置装备：价格低廉，20元一双的塑胶材料溯溪鞋，是此行不可或缺的角色；轻薄的防雨服，男士们一水儿草绿色，女士们全部都是粉色系，果然是绿叶配红花，看起来十分有趣；双肩包解放了双手，每个人背包里都装着至少两瓶矿泉水，还有一碗方便面。晓雷大声嘱咐大家:"每个人吃喝后的生活垃圾,都要装入专门准备好的垃圾袋背出来。"这可真是个好习惯。

检查完装备后,大家上车出发。车出易武镇,一路下山,沿着山间公路奔向瑶区乡方向。雨过天晴,窗外云雾缭绕,车上的人们喜悦之情溢于言表,大家纷纷举起手机、相机,拍下这美景,将这喜悦分享出去。桐箐河虽说是隶属瑶区乡地界,但无论是食宿条件的便捷性,抑或是心理感受的距离,都让人舍瑶区乡而选择了易武,这几乎是所有入桐箐河访茶的人们不约而同的选择。

车过洒代,出易武镇辖地进入瑶区乡。这是一个瑶族乡,桐箐河古树茶的重现人间,正是幸赖于喜好游猎的瑶族人的意外收获。瑶区乡新山村委会中山上寨、中山中寨的部分茶农们

上中山村新貌

分享了这收获的喜悦。路边竖着招牌，上书"铜箐河古树茶"的字样，提醒着人们桐箐河就快要到了。

在乡村公路与一条河流的交会处，我们将车辆停在了路边。此行的向导是来自中山中寨的瑶族茶农李连华，他的女儿认了陈晓雷做义父，由此缔结了深厚情谊。李连华开着皮卡车提前到达，在此已经等候多时了。

身上背负着一个硕大双肩背包的陈晓雷，此时打开双肩背包，里面装满了各种救急药品。他取出清凉油分发给众人，嘱托大家涂抹在脚踝上，以防蚂蟥叮咬。这让同行的女士们一阵惊叫，陈晓雷爽朗地笑着说："现在天气转凉，已经不是蚂蟥最活跃的时候了。"这番话似乎有点作用，多少打消了人们一点顾虑。

一切准备妥当，向导头前带路，众人一路相随，沿着这条唤作"桐箐河"的溪流，一路溯溪逆流而上，前往众人渴望抵达的目的地，位于河流上游雨林腹地的古茶园。前往目的地的途中，几乎无路可寻，还好只要沿溪而上，总不至于迷路，更有向导头前开路，让人觉得心里踏实了几分。

头前的担忧，看来并没有完全消除，雨过之后，溪流水位上涨，不复旱季清浅温柔模样，而是多了几分桀骜不驯。凡有河道狭窄之处，水流湍急，冲击力变大，让人几乎难以驻足。还好同行男士众多，一路相互帮扶携持，才使得队伍平稳前行。守兴昌号合伙人，来自昆明的董玉梅姑娘，熟悉的朋友都称她董董，身形娇小、笑容清甜的她浅笑着说："这可真是体现革命情谊的时候呀！"

桐箐河寻茶，大家早有心理预期，往返涉水而行，总要五六个小时

溯溪而上

之久。带着寻茶的兴奋,时时刻刻还需要顾及脚下的湿滑,以至于几乎不会想着去看一眼时间。

同行茶友中,有人应该是有过户外运动经验,随身携带有专门的登山杖。饶是如此,一个不小心,还是会跌倒在溪流中,旁边的人急忙伸手将他拉起来,然而为时已晚,大半个身子都湿透了。

早上甫一离开易武镇,同行的李静老师就抱怨联通手机信号都没有了。进入桐箐河之前，陈晓雷就提醒大家，进山之后，移动也是没有信号的，只有电信在某些地段，有那么两格信号。带着手机进去，除了能拍照片，想要联系外界，几乎是不可能的。为此，陈晓雷为此行的二十多人，配备了八部报话机，分发给同行的男士，方便通信联络。只是完全没有料到，其中的一位茶友，或许只是瞬间分神，手持报话机就掉入水中，还好他反应敏捷，手疾眼快将报话机从水中捞起，否则肯定会被冲得无影无踪。

走着走着，前方忽然传来女士的惊声尖叫，队伍停了下来，接下来听到七嘴八舌的嚷叫声，原来是这次同行的李静老师被蚂蟥叮了。惊得同行几乎所有的人，都不约而同地低头探看自己浸泡在水里的腿脚，还好其他人并无此遭遇，想必每个人心里面都暂时松一口气，同时又会生出一份前途莫测的忐忑不安。

一行人涉水艰难向前行进了不到一个小时，据陈晓雷说离目的地还有四分之三的行程，就在大家鼓足勇气，继续咬紧牙关前行的时候，队伍后面不知何时有两个身着迷彩服的精壮汉子追了上来。他们胸前的口袋上绣有两个字"森林"，一时也看不出他们的身份。两人穿过队伍，叫住了我们头前带路的向导，用口音浓重的方言似乎在交涉什么事情。晓雷一脸苦笑，招呼大家停下脚步。细问才知道：原来是西双版纳易武州级自然保护区的森林管护人员，发现并拦下了前行的众人。

等待的过程，显得格外漫长，低头看脚下，竟然踩到了蚂蚁窝，这些勇敢的小生灵顺着脚往腿上爬，于是站到溪流中，水流将它们带向远方。四下环顾，陈晓雷用手向山坡上一指，顺着他手指的方向，望见一棵大茶树就耸立山坡上，不仔细观察的话，几乎被茂密的森林遮蔽得严严实实,难以觉察到它的存在。

向导与森林管护员交涉了半天,仍然是无果而终。同行有女孩子低眉顺眼地恳求管护员:"我们就是去看茶园,您就假装没有看到我们,放我们过去吧!"管护员摇头坚决婉拒:"这一路都有探头,放你们过去,我们会被处分的。"虽然心有不甘,也不至于因为我们要去看茶,就砸了人家的饭碗,这于情于理都是讲不通的。当我试图用相机拍下这两位森林卫士的时候,他们摆摆手拒绝了。

桐箐河寻茶,只此一条路,别无他途可寻,眼见两位森林管护员并排横在前方,大有万夫莫开之势,于是只好断了继续前行寻茶的念头,掉头往回走。回转途中,顺流而下二百米左右,迎面遇上了又一队前来桐箐河寻茶的人们。听口音是来自北京的一群茶友,见到我们回转,相互打招呼,在得知前方有森林管护员拦住去路的时候,仍然不肯死心,他们相互商议了一下,决定继续往前碰碰运气,与我们擦肩而过。

回转过程中,却也并不见得比来时的路容易多少。一位身形娇小玲珑的女性茶友,在涉水而过的时候,不小心踩到了水深的地方,下半身几乎全部都浸在水中。

来去匆匆,只是心情大不相同。往返两个多小时,再次回到桐箐河入口处。原本预计六个小时左右才能返回,载我们来的中巴车先行回去易武歇息。意料之外,我们中途折返了回来,陈晓雷打电话联系中巴车回来接我们。一眼望去,路对面停放着一辆奔驰商务车,猜想这或许是搭载从北京前来此地寻茶那一行人的车辆吧!只是不知道,他们会不会有好运气,能否抵达理想的彼岸呢?

等待车辆来接的过程中,四下环顾又有发现。来的时候,只顾着高兴,并没有来得及细看。公路两旁,原本就悬挂有警示牌,清清楚楚地标识着:未经批准,严禁进入保护区。只是未曾留意罢了。与我们的向导攀谈得知:在 2018 年 3 月份之前,尚且没有管护得如此之严。就是从 2018 年茶季开始,形势突变,茶季最热闹的时候,森林管护员搬两个板凳,就坐在桐箐河入口处,除了入山采茶赖此以为生计的茶农,其他人等一概不许进入。在此等候收购鲜叶的商贩,分立公路两旁,排出了两条长龙,极为壮观。

乘车回到易武镇上,留守在守兴昌号办事处的工作人员,还有因身体原因未能前往的茶友,已经熬好了姜汤,既让往返涉水的茶友驱除体内寒气,也温暖了身心。

守在桐箐河入口处等候鲜叶的商贩

手工揉捻

据曾多次到访桐箐河的守兴昌号掌门人陈晓雷先生介绍：桐箐河茶园多的是小树茶，2018年春天鲜叶的价格为130元左右每公斤。古树茶的鲜叶在每公斤1000元上下，如果挑树采的话，价格更贵。最贵的莫过于只有区区20多棵的高杆茶树鲜叶，达到了惊人的4000元每公斤以上。茶友的热爱，资本的追捧，都助涨了桐箐河茶价的高企。

犹记得2018年春茶时节，从朋友圈里看到，为了让人得到心仪的桐箐河古树茶，茶农们头顶古茶树鲜叶，涉水过河的情形。当时让人倍感讶异，而今亲身感受，让人思之倍觉一杯好茶来之不易。

仅就个人感受来说，半途而返，未能抵达目的地，无疑是让人失落的。但从另外一种角度来看，未尝就是一件坏事。

寻茶桐箐河的艰难险阻，非亲身经历，不足以感同身受。设卡拦阻主要是为人身安全着想。而古茶树本就有着高贵的品格，如同幽人雅士般藏诸深山更深处，不肯轻易示人，更加令人惊叹不已！

有了上好的桐箐河古茶树鲜叶，需要有专门的初制所，并有精湛的初制技艺加持，才能获得心仪的桐箐河古树茶。

2018年春天茶季，入易武访茶，意外获知陈晓雷先生收购的桐箐河古茶树鲜叶，已经送达守兴昌号位于瑶区乡新山村委会中山中寨的初制所，当晚就要炒制了。顾不上行程劳顿，来不及吃晚饭，一行人驱车匆忙赶往守兴昌号桐箐河初制所。刚刚抵达中山中寨，本来好端端的天气，突然间狂风突至，满天尘土，遮住了前行道路的视线，车辆不得不临时停了下来。骤然而至的狂风，发狠般地卷起道路左侧高台上农家院

桐箐河古树晒青毛茶

落中的铁皮桶,狠狠地砸在我们车前,直叫人胆战心惊,还好没有砸到载人的车辆,这已经是万幸了。

待狂风的威力略减,仗胆继续驱车前行,左转上了一段二十米长的土坡,停到了守兴昌号桐箐河初制所的院内。没等一行人来得及下车,噼里啪啦的雨滴瞬间连成雨帘,模糊了车窗外的视线,大家只好坐在车里耐心等待。过不多久,狂风骤雨袭扰之下,忽然就停电了,周遭顿时陷入一片黑暗之中。春茶时节,尚值旱季,风雨来得也疾,去得也快。半个小时之后,风势减弱,雨势渐小。一行人没来得及高兴,转眼之间就又发现自己身处困境。赶工期在茶季来临之前完工的初制所,院内的地面尚未来得及硬化,两驱的越野车陷在泥地里难以自拔。连通初制所与村中水泥路的二十米长的小土坡,转瞬之间变成了泥泞湿滑的凶险途径。关键时刻,有着二十多年驾龄的老司机解伟涛果断决定返程,一行人当中的男士们站了出来,将越野车从泥淖中硬生生推了出来。解伟涛小心翼翼地驾车下坡,眼见着越野车几乎是一路滑了下去。站在水泥路上的陈晓雷,在越野车前轮刚刚触及水泥路面的瞬间,双臂用力向右推了一把车身,几乎在同时,解伟涛向右打方向盘,车辆堪堪转向停在了路边,避免了向前直冲坠入深沟的危险。第二辆车再次复制了前车如特技般的惊险一幕,回到了安全性可控的境地。直看得周遭的人们冒出一身冷汗。

送我们先行离开,守兴昌号掌门人陈晓雷一行人转身又回初制所了。当天采摘下来的桐箐河古茶树鲜叶,至此已经完成了摊晾,再也经不起等待,必须要赶紧炒制出来。回转易武的路上,道路两旁,随处可见狂风暴雨过后满地的折枝落叶,显示出自然气候的无常。回到酒店,临睡前,习惯性点开朋友圈,只见守兴昌号王刘甜、王英蕊两人前后发的朋友圈,借助吉普牧马人越野车大灯的照耀,陈晓雷和他的伙伴们,正挥汗如雨夤夜炒茶忙。制茶人的生活,大抵如此,为了中意的茶,熬过了一个又一个无眠的夜晚。

春去秋来,寻茶桐箐河,最是让人难以忘怀。寻茶的过程,不独有意料之中的收获,亦有满怀期待后的失落。收获也好,失落也罢,都让我们懂得,要在顺风顺水的人生中不惊,逆流成河的历程中洒脱。秋来闲观茶山花开复落,春来淡看茶山云卷云舒。这就是我们所挚爱的茶味人生,茶香生活。

守兴昌·妙境·桐箐河

当代篇

百花潭寻茶记

普洱六山记

西双版纳易武州级自然保护区

千万次地追问自己：以茶为业，依茶为生的人，如何不负此生？一次次入山寻茶，深入探究西双版纳州热带雨林深处的秘境国有林古茶园，在跋山涉水的艰辛行程中叩茶问道。终于渐渐明了，唯有在青春的岁月里默默耕耘，拼尽全力挥洒汗水，在韶华不再的时候才能淡看花开花谢，宠辱不惊不言懊悔。

从易武正山到西双版纳易武州级自然保护区，这座古老的茶山，自古及今所蕴含的文化地理版图的内涵和外延不断发生嬗变。行政意义上的易武茶山，隶属于勐腊县易武镇所辖区域内。文化地理意义上的易武茶山，伴随2014年西双版纳易武州级自然保护区的建立，自然而然向外扩展。西双版纳易武州级自然保护区，地跨勐腊县易武镇、瑶区乡和勐伴镇三个乡镇，保护区总面积33370公顷。这里水连水、山连山，自然地理环境融为一体。这里的民族与民族之间血浓于水，缔结下了深厚的情谊。这里的山山水水之间，星罗棋布地分布着众多明星小微茶区，它们都拥有一个共同的名字：易武国有林古茶园。

在灿若星辰熠熠生辉的易武国有林古茶园中，百花潭的名字最叫人听闻之后不由生出千般爱怜。日思夜想的百花潭，是否如梦中所想，静水深流，落英缤纷，如同古茶树的世外桃源呢？

怀揣梦想成真的赤诚之心，我们一行人从易武镇出发，守兴昌号掌门人陈晓雷驾驶吉普牧马人越野车，载着他的合伙人董董姑娘、马博峰和我一行四人，驱车直奔目的地。车辆前方是勐腊县城的方向，沿着XK17县道公路，过了三合社开始盘山而下。已经过了上午十点半，位于高山之巅的易武镇已经是阳光普照，而山下河谷中的洒代仍然是云雾缭绕。十里不同天，唯有切身经历，才能体会山上山下两重天。弯弯曲曲的公路将易武镇、瑶区乡与勐伴镇像穿珠子般地串联在一起。

当天的目的地是百花潭，这片国有林古茶园隶属于瑶区乡新山村委会布龙村河村民小组。与早前我们到访过的桐箐河毗邻，桐箐河分属于中山上寨、中山中寨，两寨同属于新山村委会管辖。百花潭、桐箐河这两个鼎鼎有名的国有林古茶园，分属于新山村委会下辖的两个村民小组，堪可誉为"双子星座"。

从勐腊县河长办制作的水文地图上看，发源于勐伴镇的布龙河，上游分别由布龙河、清水河、金厂河三条支流汇成，流经瑶区乡境内，在下游汇聚了支流桐箐河，然后汇入南品河。国有林桐箐河古茶园分布于布龙河支流桐箐河中上游地区。国有林百花潭古茶园分布于布龙河中游地区百花箐。同属于西双版纳易武州级自然保护区内布龙河流域的小微产区，中间一座大山，将两片国有林古茶园分隔两边。先起的桐箐河声名远扬，后起之秀百花潭声名鹊起，早前尚且有人将其视为一体，而今早已各自精彩，各唱各的独角戏！

车过洒代，离开了易武镇地界，进入瑶区乡领地。先是路过中山寨，过桐箐河桥，直奔布龙寨而去。先前约好的向导，瑶族茶农卢忠光早已经在布龙寨公路边上等候。见到我们之

布龙寨新貌

后，并不着急带我们去茶园，而是招呼我们一行先去家里喝杯热茶。他

简单大方的一句话就打消了我们的疑虑："上午河水太凉,等太阳晒暖一点再上去。"随手泡着喝的就是百花潭春茶,这让人大感惊异。卢忠光笑着说:"每年的百花潭春茶,总是要留上一点点,全国各地的朋友来了,茶总是要有的喝嘛!"茶季过后,在这众人热捧的国有林古树茶一泡难求的当下,有这样的胸怀和心意殊为不易。

上午十一点半,太阳当空照,正是出行访茶百花潭的最佳时机,一行人起身出发前往目的地。出了布龙寨,继续驱车奔勐腊方向,行不多远,路对面出现了西双版纳易武州级自然保护区的标志性建筑,造型是一棵树与一头小象。将车停放好,然后步行往前走去。道路边上,易武保护区界桩掩映在盛开的野花和野草之中。

两山之间是一片开阔的河谷盆地,这里属于布龙寨茶农的基本农田保护耕地。沿着田间地头的土路向上走,河谷两边的高山不断收拢,一两公里之后,就抵达了河谷盆地的尽头。两山夹峙之间,一水中流,这里就是布龙河谷。身后摩托车声响起,又来了一个年轻瑶族茶农,名字叫作张志红,同去百花潭。

右转爬上河谷边上的小路,迎面浑似劈开了一道窄窄的山门,穿过这狭窄的通道,立即进入了茂林覆盖的热带雨林中。脚下的道路看起来有些奇怪,貌似水渠却并无源头活水来。还是卢忠光解开了众人的疑惑:20世纪90年代初,当时这里还只是国有林地,布龙寨的茶农为了生计,向当地政府部门申请批准后,由政府提供炸药,村人出工出力,在这半山腰上修造了一条灌溉农田的引水渠。看看这触目都是坚硬岩石地质构造的悬崖,完全可以想象当年修造这样的工程有多么不容易。只是当时满腔热血历时五年修成的引水工程,也只用了五年左右的光景,终因经受不住热带气候条件下漫长雨季导致的山体滑坡等地质灾害，终于被迫废弃。福祸相倚，当年废弃的引水渠，如今成了连通保护区内百花潭与外界的通道。卢忠光感叹道："早年如果稍微将这引水渠改造一下的话，就会成为更加便捷的摩托车通道。自从保护区成立之后，想修也修不了了。"不过也因此，让百花潭保留下了一份神秘。

沿着悬崖峭壁上这废弃引水渠形成的便道，步行去往布龙河谷上游方向。目测这脚下的路与河谷底部的溪流之间足足有十层楼以上的落差。不时会遇上雨季因山体滑坡而倾覆的大树、塌方下来的泥石壅塞住了前行道路，只能一次次手脚并用翻越过去。越往上游走，河谷中的水位线

废弃的引水渠通道

翻山越岭

与脚下的道路逐渐趋于同一水平线。接近过往引水渠的源头,这相对愉快轻省的道路也到了尽头。

接下来就要开始水陆相接的行程了,高挽着裤脚,开始蹚水过河。虽然地处热带丛林中,毕竟已经进入了冬季,农历节气的影响仍然不容小觑。水中刺骨冰冷的感觉,令人胆战心悸。过到河对岸,再次沿河岸小径行走。路边大树上保护区管理所警示茶农禁止新开茶园的标牌,提醒我们已经离百花潭越来越近了。第二次涉水过河,发现河谷愈发变得狭窄,水流湍急,水深过膝。再次上岸后,我们的瑶族向导卢忠光提醒大家,接下来还要过三次河,河水深过腰身。万般无奈之下,我们只好接受了向导的忠告:一行的男性同胞,包括向导在内,脱下了长裤放在背包里,在向导的帮扶下勉力蹚过河去。同行中唯一的女士董董姑娘,就只有靠陈晓雷背起来,一次次蹚过河去。这大概是此行探访百花潭最

涉水而行

令人终生难忘的深刻记忆了。

五渡布龙河之后,向导卢忠光说:"可以穿上裤子了!"一行人如遇大赦,终于回到了文明人行列里。

右手边上,一条溪流潺潺,从箐子里欢快地奔涌而下,汇入布龙河中。卢忠光介绍说:"这就是百花箐,沿着这条箐子爬上去,就是百花潭古茶园。"攀谈后得知:百花潭原名白花潭。布龙河中游这个百花箐,早前名为白花箐。每年春天,箐子里开满白花,落入水中,或在清溪水潭中上下浮沉,或随淙淙溪流顺流而下。令人观后心醉神迷,恍惚置身于世外桃源。久而久之,以百花潭的美名流传于世间。

沿着百花箐溯溪而上,穿越野生芭蕉林,眼前兀的出现一棵参天大青树,仰望这直插云天高大壮硕的树木,才让人感觉人类的渺小。继续向前,山势陡峭,开始接连出现瀑布。从瀑布边上攀缘而上,百花箐两侧的森林之中,古茶树隐约可见。

百花潭古树晒青毛茶

历经三个多小时跋山涉水,终于来到了传说中的百花潭古茶园。来到古茶园中茶农临时搭建的棚屋内休息时,已经将近下午三点。饥肠辘辘的一行人,席地团团围坐,俯视这满山如画的古茶园,享受着简单美味的午餐。不知何时,先前抵达的另一位瑶族茶农向导张志红出现在了众人的眼前,招呼他一起用餐,他连连挥手谢绝,笑容腼腆。午餐过后,在两位瑶族茶农带领下,参观这周遭的茶园。早些年的茶树经过砍伐,看似并不十分高大,树干基部的围径却十分壮硕,这类古茶树并不少见。罕见的是高杆古树,这类古茶树所产的茶在钟情于普洱的茶友中十分受追捧,真到茶园中却并不多见。在这一片茶园中,拢共也没有多少棵。目测其中较大的一棵,树高在十米以上。陈晓雷拿出随身携带的尺子测量,树干基部围径近70厘米。抽样测量茶园中古茶树的定型叶,多为大叶种茶树。采摘幼嫩的茶芽,放入口中细细咀嚼,慢慢回味,入口苦

雨林深处的古茶园

重涩显，却也回甘隽永持久，花香中透着淡淡的蜜香，有着国有林古树茶惯有的强烈山野气韵。

在古茶园里徘徊良久，不忍离去。每一次到访国有林古茶园，总觉美好的时光太过短暂，多么希望能够在此地多留驻些时间，让往后的回忆更加丰盈，少一点惆怅与遗憾。

下午四点多钟，在两位瑶族茶农向导的催促下，我们一行开始踏上返程。下山的路上，道路湿滑，阳光照耀不到的地方，道路两旁的灌木丛叶，在这个季节，叶子上的露水竟然从早到晚都不会干。一个不小心，脚下的碎石打滑，马博峰狠狠地摔在了地上，仰面朝天。夕阳的余晖透过扶疏的绿叶照射在他的脸上，仿佛镀上了一层金色的光芒。

归来的路上，三次以身涉水，不再有心惊胆战的担忧，而是坦然面对自然条件的限制，身体浸泡在冰冷的河水中，大脑却变得越发清醒。后半程路段，选择了爬上悬崖绝壁，从瀑布上方越过。脚步匆匆且轻盈，目光坚定，较来时多了一份自信，那是因为知道归程的距离远近，还有光明前景的指引。

回到来时停放车辆的公路上，已经是傍晚六点。挥手作别我们的两位瑶族茶农向导，开车返回驻地易武。回望探访百花潭的行程，整整一天，先是从易武镇驱车往返瑶区乡新山村布龙寨。再从寨子到茶园，去程三个半小时，回程两个小时，步行十数公里往返百花潭。

生活本身就是一种冒险，我们舍弃了舒适的茶室，一次次行走在雨林间，期望能够探索出全新的路径，重新定义国有林普洱茶品质的标杆。为此我们一次次鼓足勇气，迎接未知的挑战！明天的明天，有谁愿意与我们同行，去探访那些未知的国有林古茶园？

当代篇

薄荷塘寻茶记

普洱六山记

深入雨林

常常会想：以茶为业，依茶而生的人，大抵要为了自己的一生所爱，投入地爱一次，忘了自己。就像是钟爱普洱茶的人，一生中至少要有一次，深入西双版纳州热带雨林的最深处，去探访国有林古茶园，最好不过的自然是易武茶山薄荷塘古茶园。

事茶经年的人们常会有深深的感叹：这时间似乎是一年比一年更加不禁用了一点！还记得四年前的秋天，去探访易武山刮风寨国有林茶王树回来的路上，那个在我看来骑摩托车技术十分彪悍的瑶族小伙子言辞恳切地嘱托："如果想要去探访易武山国有林薄荷塘古茶园，一定要找个骑摩托车技术更好一点的人，那道路比去茶王树的路更小、更难走一点。"暗地里的思忖，长久以来的思恋，直到事隔数年后，才终于有望实现。

相约守兴昌号掌门人陈晓雷先生，相期在这个时节，再度深入探访易武山国有林中的古茶园。抵达易武镇上的时候，已经时近傍晚。这个季节，倘若换作农历来算，已经进了冬天。而在这一年当中只有旱季、雨季之分的彩云之南，仍然是太阳酷烈的艳阳天。只是早晚之间，温差很大，正午犹若盛夏，晚间宛如深秋。

晚上华灯初上时分，守兴昌号易武接待站的门前，越野车发动机的嘶吼声中，两辆车稳稳地停在路边。车上下来了两个年轻人，走近同陈晓雷打招呼寒暄。言辞之间，商讨的都是明天去探访易武国有林古茶园的事项与时间。边喝茶、边聊天的时候，一切都已经安排妥当。来易武的路上，一切的担忧都在这云淡风轻的聊天中随风而散。

晨起的时候，窗外阳光灿烂，又是一个适合出行的艳阳天。在易武街上吃早餐，清淡的白粥，白面馒头，还有热腾腾的茶叶蛋，妥帖地安

90后茶农卢禄

顿好了远道而来人们的肠胃，让人倍感温暖。

将近上午十点钟，摩托车声轰鸣作响，门前来了三辆山地越野摩托车，我们一行今天将要骑乘摩托车前往探访薄荷塘古茶园。90后的小伙子卢禄骑着摩托车带着我头前带路，另一个小伙子刘承骑着摩托车带着马博峰紧随其后，陈晓雷骑着摩托车带着董董姑娘殿后，一行六人上路，直奔目的地薄荷塘古茶园。

车出易武镇，右转下山沿着214省道奔向江城方向。高山之巅的易武镇位于白云之上，头顶阳光明媚，眼前青山滴翠。摩托车一路飞驰下行，车过高山寨，仿佛转瞬之间就驶入了云雾之间。随着海拔不断下降，头顶上云雾弥漫，不见了半尺晴天。冷风森森深入骨髓，果然是"一山分四季，十里不同天"，转眼间就从夏季进入了秋天。

摩托车驶入谷底，公路旁芭蕉林茂盛，磨者河里流水潺潺。车过岔路口，向左通往象明乡，直行奔江城方向。公路边的一块牌子一闪而过，一眼瞥见"漫撒"两个字。卢禄告诉我说："这个是漫撒村民小组，道路的对过则是帕扎河村民小组。"近年来古树茶市况热络，往昔苦了很多年的茶农过上了好日子，入眼都是新建的小洋楼，显示出生活的富足和美满。再往前走不多远，又到了一个岔路口，道路边上的广告牌上都写有"滥田"的字样，同漫撒、帕扎河一样，这也是属于曼腊村委会下辖的一个村民小组。

右转上到土路上,正在修造道路的大型机械让开一条道路放我们过去。历年来行走云南茶山,与人方便是印象最深刻的一点。骑着摩托车往上行是奔向瑶族丁家寨的方向,已经过了上午十点半,冬日的阳光终于驱散了头顶的云雾,照耀在骑着摩托车衣带寒霜的一行六人身上,让人从外到内倍感身心温暖。

在砂石路基的公路上行驶了两三公里之后,摩托车手们在一个岔路口停了下来稍作休息,接下来就是考验摩托车手们技术和经验的时候了。再次上路,道路变成了坑洼不平的土路,四驱的皮卡车仅可勉力前行。一公里之后,摩托车驶入了橡胶林间的土路,树荫遮蔽之下的土路,晚间的露水尚未褪去,路面湿滑不堪,右拐上陡坡的路段上,三辆摩托车接连打滑,几乎就要翻倒在路面上,亏得摩托车手们手疾眼快,才让大家避免了在烂泥地里打滚的狼狈不堪。

穿越橡胶树林,就进入了西双版纳易武州级自然保护区的地界,保护区在路边上竖立的标牌和埋在地下的界桩,都在无言地宣誓和捍卫着自己的领地。一界两旁,景象大不相同。一边是葳蕤茂盛的原始森林,另一边则是农民的基本农田保护区和经济作物林地。

易武保护区界碑

据说在很早之前,保护区尚未成立,仰赖于山川自然为生的山民,过着半游猎半耕作的生活,由此在自然保护区内留存有前人栽种的茶树。

狩猎是国家早就明令禁止的行径，放下了手中的武器，就连猎枪也全部都被收缴一空，山民们将这生计的期盼寄托在了先辈们留下的古茶园上，尤以留存在西双版纳易武州级自然保护区内的古茶树最为金贵。

摩托车驶入热带雨林中的小路上，我们再次感受到了从温暖和煦的阳光下进入阴凉的雨林间的剧烈变化，又一次有了穿越季节的深刻感受。为了边疆少数民族地区百姓的生计，前人栽树、后人采茶的行为尚可接受，但决计不再允许后人再行进入保护区范围内新栽茶树。道路两旁树木上的告示也印证了这一点。作为北回归线附近全世界唯一的一片热带雨林，它的重要性是不言而喻的，也理应得到人们的理解与支持。由此，保护区内留存下来的古茶园就显得尤为珍贵，它是人与自然之间最后的纽带，天赋茶以自然之味，那是茶人们梦寐以求的极品好茶。

摩托车路过的地方，远远向四周望去，总有茶树隐藏在森林间。卢

自然保护区管护所告示

禄讲:"以前薄荷塘不出名的时候,这里的茶都是拿出去当作弯弓、白茶园的来出售,而且卖不到前者的价钱。自从近些年薄荷塘出名之后,单独拿出来卖要贵出来许多,因为量少,还不容易买到真货。"

路过弯弓的茶地,前方再次出现了岔路口,摩托车沿着中间山脊上开辟出来的小路,发力狂奔向山顶。道路陡峭,无数次都感觉到自己的双脚离开了摩托车的脚蹬,眼见就要跌倒了,又无数次化险为夷。真真是让人佩服几位摩托车手们的高超驾驶技术。饶是如此,面对近乎七十度的陡坡,只能仰脸看到天,完全看不到地,时时刻刻都感受到摩托车几乎都要后仰翻下山去了。为了安全起见,董董、马博峰与我一起步行爬山,三位摩托车手先行骑到山顶去等待我们。或许是海拔高的缘故,平素里体质还算不错的我们三人,不时要停下脚步来休息。一个个累得呼呼直喘气,无数次感觉自己都要爬不上去了,又狠狠心一步步往前挪动。森林里的鸟鸣声婉转动听,低头喘气的当口,瞧见一群蚂蚁制服了一条蚯蚓满载而归。驻足停留的时候,路旁的蝴蝶翩翩起舞,蜜蜂飞来飞去忙碌个不停,真是让人感慨这自然界的每一个生灵为了生存都活得倍极艰辛和努力。我们打起精神来继续向山顶爬去。

就在几乎都要耗尽体力的当口,前方传来陈晓雷的招呼声:"到了,到了!"刹那间,我们又有了几分脚力,快步向前爬上山去。两位年轻的摩托车手在等待我们的过程中并没闲着,而是在周边枯死的树干上发现了野生的石斛,身手矫健地爬上树摘了下来,总算不枉此行。这是久居山林间的先民们历代传下来的智慧和经验的结晶,人们才获得了大自然的慷慨馈赠。想必是已经累极了的董董姑娘,坐在路边倒伏的树干上发朋友圈小视频,同时自己配音喃喃细语:"有摩托车不让坐,生生爬了一座山。"同行的陈晓雷安慰她说:"接下来的一段路都不用担心,可以坐摩托车过去。"直到此时此刻,我们才忍不住地感叹:摩托车是多么重要的一项发明,倘若安步当车,怕是从天亮到天黑也走不回去吧!只是摩托车被发明出来的时候,大概从来也没有人想过会有这样的用途。

坐上摩托车继续在山巅森林间的小路上穿行,右手边是深不可测的悬崖,左边经历了雨季滋养的野草斜生出来,一个躲避不及抽打在脸上,生疼。二十分钟过后,总算是抵达了摩托车所能够到达的路尽头。同许多地方一样,这里也被唤作大平掌。举目四望,平坦的地方并不大,还停着几辆摩托车,为了防晒,车上盖着树枝野草。

就在我四下打量的时候,陈晓雷笑着说:"从这里开始就算作薄荷塘了,但真正的古茶园却在山谷里,只有走下去了。"已经行至此地,断不可能中途返回,于是一行人沿着林间的小路下行。下山的时候,果然节省体力,脚步也来得轻松。只是时时要注意脚下,晚间露水打湿的落叶,湿滑无比,倘若一个不小心,跌下山崖必然粉身碎骨。

山半腰的一棵大树上悬挂着一个牌子,上书:薄荷塘古茶园欢迎您的到来。茶园内无茶主时,未经允许,不得擅自进入茶园。一上一下的两队人马交汇,一位脖子上挂着单反相机的大哥抬头望见了陈晓雷,于是热切地打招呼:"陈老师我见过你,我有你的微信。"可见热爱普洱的人,纵是隔着千山万水也总有相逢之时。亦步亦趋地往下走,耳畔传来欢快的溪流声响。陈晓雷回过头来招呼:"听见水声就走了一半路了。"这愈发让人不敢掉以轻心,小心翼翼地往下走,只是道路上的石头总会吸引人的目光,在这潮湿的环境下,上面布满了青苔,在镜头下展现出一种令人惊异的美感。董董姑娘低头凝视了半天,想想回去要走的路,才万般不舍地离开了。当手脚并用的一行人下到谷底,穿越一片野生的芭蕉林,一座简易的棚屋出现在众人面前,沐浴在阳光下。陈晓雷叫了一声:"到了,到了,这就是薄荷塘古茶园了。"听到这句话,之前所有的疲惫仿佛都一扫而空了。

茶园提示牌

已经是将近下午两点钟,趁着大好的阳光,一行人先行进入薄荷塘古茶园四下探看。这片茶园面积并不十分大,但总有一些古茶树与众不同。主人十分有心,且将那些树干围径粗壮的古茶树,抑或是树干高耸的高杆茶树,全部都一一编号,命名为一类古茶树,总数共计有五十多棵,每年春茶的产量不足一百公斤,却历来都十分抢手,是所有热爱薄荷塘普洱茶的茶友们梦寐以求的极品好茶。其余的茶树全都算作薄荷塘的二类茶树,价值不菲,能够喝到也非常不容易。检看测量薄荷塘茶园中的一类茶树，大多数茶树的围径都在五六十厘米以上。其中最大的一棵，编号为 1 号古茶树，树干基部的围径接近 1 米 4，离地数十厘米处分出三枝，分枝的围径也将近 70 厘米。目测树高在 12 米左右，端的称得上是薄荷塘茶树王。抽样测量 1 号茶树的定型叶，仍然属于典型意义上的大叶种。逡巡在薄荷塘古茶园中，心也为之沉醉。无意间回首，董董坐在大树下，阳光透过间隙，在她的脸庞上映衬出柔和的色彩。薄荷塘古茶树的花开得异常灿烂，朵大洁白，就连花蕾也显现得十分饱满。说话的工夫，天色忽然暗了下来，原来是这里沟壑纵横，林木茂密，加之高山峡谷的地貌特征，并不容易被阳光照射到。四下寻觅，终于在一棵茶树上找到了一个柔嫩的芽叶，放入口中细细咀嚼，先是苦感十足，而后苦感化开，一种清凉的甜感弥漫在整个口腔里，回甘隽永持久，山野气韵强烈，那是一种久违的感觉，令人心动不已。

在薄荷塘茶园里徘徊良久，直到肚子开始抗议方才想起已经早就过了午餐时间了。回到茶园入口处的棚屋里，旁边专门搭建了一座亭子，想来是专门供人休憩的地方。同行的卢禄采下一片芭蕉叶，放在溪水里清洗干净，铺在桌上面，就成了最天然绿色环保的桌布。从双肩背包里拿出提前准备好的馒头、咸菜，早已经饿坏了的众人大快朵颐，真正的野餐美味！棚屋里住着薄荷塘茶园主人请来打草的工人，吃住都在这里。看上去住宿、就餐的条件就只能因陋就简了。就在我们犹豫着想要找人家讨口热水喝的时候，一位身穿迷彩服的大哥，一手托着一摞碗，另一只手拎着满满的一壶热水送了过来。真是让人感激万分！在这深山老林里，人与人之间质朴的情谊胜过千言万语。山泉水煮的老黄片，也是别有一番滋味在心头。

薄荷塘1号古茶树

守兴昌号合伙人董董姑娘

薄荷塘古茶园

喝茶闲聊时，卢禄提到："早些年，这个地方并不叫薄荷塘，而是唤作草果地，那是主人家赖以为生的活计。直到后来，这里的茶声名鹊起之后，'薄荷塘'这个名字才广为流传。而主人家依然如故，仍然称这片茶园作草果地。"

最为普洱茶友钟爱的这片薄荷塘古茶园，也有人称为下薄荷塘，盖因其处在谷底的缘故。属于同一村寨的四户人家所有，这四户人家共同管理，共同销售，短短几年光景，搭上了国有林普洱茶大热的市况，都过上了好生活。同村的村民，甚至于邻村的村民，都纷纷蹭热度，以至于出现了家家售卖薄荷塘茶的市况。甚至有传言，两个村子为了争夺薄荷塘的所有权，不惜对簿公堂。传闻这片茶园，现在的主人只有十年的所有权，之后将易手他人。传闻的真实性有几分，尚待验证，但让人听闻后难免会唏嘘感慨！

转眼之间已经将近下午四点，还要赶回易武镇上的我们一行人，不敢再作耽搁，起身往回走。正是应了老话：下山容易，上山难。近乎垂直陡峭的山坡，弯弯曲曲的小径，气喘如牛的寻茶人手脚并用往上爬。

步行往返

薄荷塘古树晒青毛茶

心下暗想：若是没有这午餐充饥，热茶暖心，怕是很难爬上来吧！下山的时候，只用了不到半个小时，爬上山去却足足用去了一个小时的时间。途中经过山坡上的上薄荷塘茶园，寻找采摘了一个芽头，再次放入口中咀嚼品鉴，总感觉似乎少了一些幽雅的山野气韵。或许茶树真如品性高洁的幽人雅士一般，性本爱山林，只有藏诸深山更深处，才有着超凡脱俗的高洁品性吧！

回到山顶大平掌，看到摩托车的时候，感觉全身无力，只想坐在一旁休息。山风凛冽，顿时再次感受到了气温的变化。回程的路上，经历了大半天的阳光曝晒，来时湿滑的路面干燥了许多，却换作尘土飞扬的另外一番面貌。半途中，遇上了主家骑着摩托车送工人进山打草，在这冬日里，勤劳的人们已经为来年春天的收获早做打算。

摩托车一路狂奔下山，出热带雨林，穿橡胶林，再次回到了大路上。当摩托车终于可以在大路上平稳行驶的时候，心里真实地感受到了满满的幸福。

回程不再走原路，而是沿着正在修造的乡村道路，过瑶族丁家寨、大漆树、麻黑、落水洞、曼秀、荒田,再次回到了易武镇街上。回首这一天的行程,仿佛做了一场梦一样。

晚上坐在守兴昌号易武办事处喝茶,陈晓雷说起今年秋季的薄荷塘古树茶,就连茶园主人家都寻不到一泡茶样。就在所有人都认定一切终无所获的时候,陈晓雷起身离去,不久之后回转身来,手里拿着一个小小的牛皮纸袋,上书"薄荷塘"的字样。一众人团团围坐在茶桌旁边,兴奋难耐地想要品鉴薄荷塘茶的绝世风韵,一道道茶入口,一个个难掩满脸的落寞与忧伤。晓雷安慰大家:"这个确实是薄荷塘的鲜叶,只是送茶样的人在炒制工艺上有过失,白白错失了一款好茶的风韵。"接着又说:"且待来年,我们自己去收来鲜叶,拉回易武初制所自己加工,一定不辜负大家的期望。"

寻茶的过程,有过阳光明媚的喜悦,有过阴雨连绵的忧伤。就像是寻茶薄荷塘,有过长久等待后的夙愿得偿,有过好茶难觅的失落与惆怅。收获也好,错失也罢,在这脚步匆匆的寻茶之路上,爱茶人矢志不渝地追寻着自己的终极梦想。

守兴昌·意境·薄荷塘

当代篇 哆依树寻茶记

普洱六山记

哆依树古茶园

易武，钟情于普洱的茶友们心目中的圣山。从初识普洱入易武正山寻茶，再到迷上普洱寻茶易武的村村寨寨，直到无可自拔地爱上普洱，深入秘境寻找钟情的国有林古树茶，那是独上高山望尽天涯茶路后，属于普洱茶的绝世芳华。

从名山、名寨到国有林，普洱茶产区版图不断地细分，那是钟爱普洱的茶人，身体力行孜孜不倦的努力追寻，期望有朝一日，能够遍历国有林，寻找到令人心醉神迷的普洱风韵。

清晨醒来，窗外阳光明媚，又是一个晴朗的好天气，这样的天气与深入国有林寻茶最为相宜。相约三五好友，共赴心仪已久的哆依树古茶园，探究隐藏在西双版纳热带雨林中古茶园的奥秘。

从易武街上出发，90后的青年茶农卢禄同他的好友刘承、吴世通驾乘一辆皮卡车头前领路，守兴昌号掌门人陈晓雷开着吉普牧马人载着他的合伙人董董姑娘、马博峰与我紧随其后，两辆车一前一后，出易武

雨林深处茶农家

镇右转沿214省道向江城方向飞奔而去。已经过了上午十点,满山的云雾已经消弭不见,坐在阳光普照下的越野车里,一路迂回穿行在绿荫道上,窗外层林叠翠,耳畔风声响起,令人心旷神怡。

指明道路方向的提示牌

车过高山寨下到谷底的公路上,行不数公里,岔路口出现在视线里。倘若左转则通向象明乡,直行奔向江城方向。一眼瞥见岔路口的指示牌,直行11公里过曼腊村、30公里过曼乃村、45公里过倮德村,这三个村都是易武镇下辖的村委会,直叫人感叹易武镇的行政辖区地域广袤,而易武正山近年来兴起的诸多小微产区国有林古茶园,则满天星般分布在西双版纳易武州级自然保护区的热带丛林里。

车辆继续行驶,左手边是水流淙淙的磨者河,道路两侧次第分布的是曼腊村委会下辖的漫撒、帕扎河、杨家寨等村民小组。地广人稀的边疆地区,一个村委会的辖地之广大,都常常会让外来者感觉无边无际。

车辆跨越一座小桥行驶至杨家寨,右侧溪流边上不起眼的一座黄色平房就是村民小组办公的所在,看起来平素里无人值守,"铁将军"把门,并无一人。右转沿溪流边上的水泥路进山,行不数百米,水泥路面消失不见,坑洼不平的土路出现在眼前。太阳能够照射到的路面,尚且干燥平坦,阴凉背光的所在,仍然是泥泞不堪的路面。四驱的皮卡车、吉普牧马人越野车显现出了硬朗的一面,嘶吼着穿越泥坑,驰骋颠簸在土路上勇往直前。前车在干燥的土路上行驶过后荡起的漫天尘土，时常会遮挡后车的视线。穿越香蕉林、橡胶林等经济作物林地，十数公里之后，西双版纳易武州级自然保护区的标牌再一次出现在路旁，提醒人们这里属于保护区的领地。

继续前行，路边上尚存留着低矮简陋的房屋，那是旧日时光留下的印记。道路右侧的溪流，时而近在眼前，时而折向河谷的另一边。葳蕤茂盛的森林取代了人工种植的作物，就连手机的信号也全都消失不见，感觉瞬间穿越时空，与外界的现代生活失联。凭借熟谙地形地貌的前车带领，车辆两遇岔路口都选择了左转。行至路的尽头，只有一家人生活在这森林间。打过招呼，停放好车辆之后，一行人接下来彻底回归到农耕时代，完全要依靠自己的双脚，步行去往这热带雨林深山更深处探访国有林哆依树古茶园。

沿着通向山巅蜿蜒曲折的林间小道，一行人开始爬山。同行一群人中，年龄最小的是刚满十八岁的00后小伙子吴世通，圆圆的脸，圆圆的身材，大家都习惯于昵称他作通通。就年龄段来看，这一行访茶的人中80后是当之无愧的主力军。70后就只有我自己一个人。出乎意料的是通通最先嚷嚷着说："走不赢了，腿好酸哦！"董董姑娘打趣他说："70后的大叔都还在努力向前，00后的小哥哥要跟紧一点。"叫归叫，上山的时候，通通拽着两个80后的同伴，奋力向前迈进。闲聊中得知：不同于80后、70后或多或少经历过艰苦生活的磨炼，随着普洱茶市场的热络，茶山上的00后们普遍都有了更好的物质生活条件。再也不复父辈们当年操持农耕、狩猎活动锻炼出的强健体魄和铁脚板。在高山上的乡镇或者是城市里，00后们的生活方式和价值观正在趋向于一致，这也预示着未来的普洱茶行业或将迎来巨变。时代的洪流，汹涌而至，又呼啸向前。

茶园主人设置的提示牌

一路上行，多数时候都是在爬坡，时不时会有一小段平坦的道路，少半下坡的路段。道路边的树上时不时会出现指引前行的路牌指明方向，一路沿着山脊上行，通往哆依树古茶园。仔细观察后发现，这是一条修建在连接绵延起伏的山脊上的路线。每每遇到连接两座山峰的山脊，一定会有先下坡再上坡的状况出现，山脊处往往非常狭窄，宽不过丈许，两侧都是深不可测的沟壑与深渊。行至中途，又遇到山脊，树木稍显稀疏，陈晓雷用手指向远方说："倘若翻越这深深的峡谷，再翻过对面的那道山梁，就是我们曾经造访过的国有林薄荷塘古茶园。"纵横的河谷阻隔，看似近在眼前，实际隔着峡谷高山。遥遥相对，却默默无言。

在这条被我戏称为"驼峰茶路"的路线上，山脊两端连通的主峰顶部，往往地势平坦，按照云南人的习惯都可以叫作"大平掌"，名字通俗易懂，且十分传神。茂密的树林之下，有前人栽种的茶树。旁边则有西双版纳易武州级自然保护区管理所的告示，严厉警告不允许新辟茶园。这里是茶树最后的乐园，正是有赖于森林的荫蔽，才有了国有林古茶园受热捧的局面。

步行两个小时之后，时针指向了中午一点半，我们的行程已过大半。原本打算到达哆依树古茶园再用午餐，只好在来自肠胃的声声抗议中临时做了改变。山巅之上寻找不到芭蕉叶，只好席地团团围坐，简单用餐。餐后将包装袋之类生活垃圾打包带走，早已经成了无需再行嘱托的好习惯。

午餐过后体力恢复过来，大家稍稍加快了脚步向前赶。穿越了一个又一个山脊和峰峦，在上上下下的路上，心跳、呼吸也随之律动起伏。最大的感触是早前访茶薄荷塘、冷水河的行程中出的汗，都比不过去哆依树路上流的汗水一半多。

就在脚步已经沉重到再也抬不起来，大汗淋漓过后口干舌燥，已经快要没有一丝一毫力气的当口，前方传来陈晓雷的呼唤："到了！到了！"紧接着转过一个弯，哆依树古茶园就映入人们的眼帘。

迎面看到一棵高杆茶树，高可十数米，但见枝叶晃动，却是有人攀爬在树上，茶树上的茶果、茶花与老叶天女散花般纷纷落下。询问坐在梯子上手脚不停忙着疏叶的年轻茶农，回答说："摘掉了一部分老叶子，来年春天新梢萌发得会早一点。"

穿过茶园，在茶农临时搭建的棚屋里稍事休息，喝点水补充身体丧失的水分。听闻最大的高杆古茶树在这茶园下面的峡谷最深处，于是打起精神来，沿着之字形的小路，亦步亦趋地去往峭壁下的茶园最深处。将近半个小时，方才下到古茶园中间。目之所及，到处可以看到高杆古茶树，这种茶树身姿挺拔，有人贴切地将其称为"茶树中的长颈鹿"。最大的一棵高杆古茶树，目测树高20米左右。陈晓雷取出随身携带的尺子测量，围径接近110厘米。另外一株与之大小相若的高杆古茶树，长势不如前者茂盛。疼惜爱护古茶树的主人，用竹编的栅栏将其围挡在中间，冀望其福寿延年。还有一棵高杆古茶树，不知何故倒伏在了茶园中间，所幸还有一枝根深扎在土壤中，维系着它的一线生机，苟延残喘。一株伫立在茶园中间的古茶树，年老体衰，树心中空，衰亡后徒留树干枯枝，令人心生惋惜和感叹！在这声名显赫的国有林茶园中，像哆依树古茶园这样拥有50多棵高杆古茶树的情况却也十分少见。

给古茶树疏叶的茶农

哆依树茶树王树高逾 20 米

哆依树茶树王的树干

哆依树茶树王树干围径达 108 厘米

逡巡在哆依树古茶园中,抽样测量茶树的真叶,可以看出占据优势地位的仍是大叶种,这个几乎是大多数古茶园的规律性表现。这个时节,茶树已经很少发芽,细心地找寻了半天,也只找到一两颗幼嫩的茶芽。古茶树是如此的神奇,咀嚼品味茶芽的感受,与品味用它加工成的普洱生茶的感受,有着令人惊异的一致性风格。如同这哆依树古茶,入口苦中带涩,苦强涩显,苦尽甘来,犹微带涩感。曼妙幽雅的花香,山野气韵尽现。

天光云影徘徊之间,头顶的阳光渐行渐远。低头看表,时针指向四点。恋恋难舍地往山上走,三步两回首,这是一次难得的探看,大家都知道,再次的相见,或许已是经年。

驻足屋檐下稍事休息的董董姑娘

哆依树,名字听着就叫人喜欢。在这植物种类繁多的热带雨林中,最多的是各色树木,反而是茶树最为少见。哆依的名字本是多依,生长于山野沟边、溪旁或灌木丛中,海拔1000～3000米之间,是云南特有的野生果树之一,这里亦是它的乐土和领地。多依果亦是观察最适宜种茶的消息树之一,茶农质朴的话语体系中笃定地认为:有多依果的都是好茶地。用哆依树来作这片古茶园的名字,确实十分相宜。

已经将近下午四点半,还有漫长的路程等待我们再次用双脚一步步丈量。下山的途中,再次清晰印证了来时的判断,来时多数时间一路上行,回去的时候顺山势下行,一路足底生风。时而左边,时而右边,两侧峡谷中不见流水潺潺,但闻水声淙淙,和着夕阳下的光影,清脆婉转的鸟鸣声声,一路伴人同行。

回首这一天天走过的茶路,最叫人感叹的莫过于通往哆依树古茶园的山间小路,上上下下,起起伏伏。在前途无望之后迎来转机,在艰苦磨难后收获惊喜。这才是深入幽境寻访国有林古茶园后,终于洞悉普洱茶内含的风韵与深藏的奥义!

守兴昌·幽境·哆依树

当代篇

普洱六山记 · 凤凰窝寻茶记

泥泞的茶山路

寻不尽的茶山路，说不完的普洱茶。为了那令人心驰神往的国有林古树茶，一次次深入西双版纳热带雨林的最深处，迷醉在普洱茶的山野气韵里。

夜宿易武镇上的客栈，素爱清静，特意选了临山谷而立的那间客房。久居都市的喧嚣与繁华，难得在高山之巅的小镇上落脚，夜里有了最深沉的睡眠，梦里犹觉茶香幽。

清晨，窗外此起彼伏的公鸡打鸣声，混合有或者叽叽喳喳或者婉转悠扬的鸟鸣声，构成了一曲天然的晨起交响乐。

窗外云海茫茫，年年岁岁看惯了这云雾缭绕的景象，易武的友人笑言："每天都一样！"是啊！这蓝天白云下高山上寻茶的日子，当时只道是寻常，过后方觉得日日是好日。

此行目的地是瑶族丁家寨的国有林古茶园，守兴昌号掌门人陈晓雷早就约好了易武当地的友人卢禄同行。上午十点钟过后，陈晓雷驾乘吉普牧马人越野车，载着他的合伙人董董姑娘，90后的小伙子卢禄，来自郑州的王刘甜与我，一行五人前往瑶族丁家寨。

从易武镇通往瑶族丁家寨的路有两条：经落水洞、麻黑，过大漆树至瑶族丁家寨的道路正在施工。我们选择出易武镇，右转进入214省道，过高山寨下至谷底，在通往象明乡的三岔路口直行奔江城方向，依次路过帕扎河、漫撒，至滥田离开省道，右转上山奔向瑶族丁家寨。这些年易武当地的基建项目推进得很快，比着十一月份前来寻茶时的施工情况，眼前这条路大有希望在来年春天新茶上市前修建完成。这可真是让人大为欢欣鼓舞的好消息。过往寻茶易武，单是通往各个村寨的道路，都是让人想起来都觉得头痛的难题。一路上不时遇到各种道路施工的车辆，还好有惊无险,过瑶族丁家寨下寨,然后再往上就是瑶族丁家寨上寨了。

织布的瑶族阿婆

丁家寨居住的是瑶族,这个彪悍的茶山民族,男性擅长狩猎,女性擅于纺织。对于后者,过往不过是耳闻,这次则碰巧遇到一位瑶族的阿婆正在用老式的木结构织布机纺制布料,脸上带着慈祥的笑容,那是茶乡生活浸透了的满满幸福感。院里晾晒着的是漂染过的蓝布,让人看到了这个民族仍然保有自己的风俗习惯。

此行陪同我们一起前往国有林古茶园的是瑶族丁家寨的茶农兄弟邓军,他的性格有些内向,不大爱说话,问一句答一句,也不太习惯用普通话,当他告诉我他是1998年的,马上就30岁了时,我先是愣了一下,心下寻思:就算是有虚岁,也不能虚到这个地步。于是试着问他:"你是1989年的吧?"他点点头称是。闲聊中得知:他有一个姐姐远嫁到重庆,一个哥哥也在寨子里生活,自己是最小的孩子,兄弟俩至今未婚,他有一个老挝的瑶族女朋友,顺着他的眼光看过去,他的女朋友正在忙前忙后操持家务。眼前一栋三层楼房,已经拔地而起,这是邓军家正在修造的新房。古树茶给这茶山偏僻的村寨带来了福荫,整个寨子仿佛都成了建筑工地,处处都在修建新居。

一行六人,邓军找来了三辆摩托车。早有准备的卢禄从我们的越野车后备厢里取出一个油桶,给三辆摩托车的油箱加满,这个是我们出行的重要保障。晓雷骑着摩托车驮着董董姑娘,卢禄骑着摩托车带着王刘甜,我坐上了邓军的摩托车头前带路。出了院子,卢禄习惯性地想要往瑶族丁家下寨方向走,邓军摆手示意他向上往大漆树方向。据邓军介绍:"以往都是走老路,现在都是走新路。"车出瑶族丁家寨,行不数公里,路边出现了一块弯弓河长公示牌。邓军停下来等后面的两辆摩托车跟上来,然后左转沿着土路往峡谷深处驶去,行至半路,眼前出现了一个岔路口,三位摩托车手商议之后,决定还是沿着眼前稍宽点的大路走下去。邓军说:"大路会泥一点。"走了往下的路途,才理解了这句话的含义。已经是12月下旬,按节气算已经是冬季,这里虽然没有北方的天气严寒,却也昼夜温差极大。晒不到太阳的地方,草木上的露水终日不干,就连地面也是湿漉漉的。今年的天气与往年殊异,早已经进入了旱季,却不时会下雨,前几天还下了一场大雨。越靠近谷底,道路愈发泥泞湿滑,大马力的摩托车在发动机嘶吼中从泥潭般的道路上挣扎着脱身向前。不时遇到横亘在道路上的溪流,摩托车手们眼睛都不眨一下,驱车涉水而

泥泞的茶山路

过。以前从未设想过，家用的摩托车居然还有这般用途。

下到谷底后，摩托车嘶吼着冲上一个陡坡，眼前豁然开朗，一条足可行车的大路跃入眼帘。路边竖立着一块自然保护区的标牌，自此之后，我们将深入保护区的深处，前往探访国有林古茶园。只是眼前这一幕，总叫人觉得有些似曾相识。仔细回想一下，终于记了起来，上个月前去探访国有林白茶园的时候，就走过这一段路。

托了易武镇引水工程的福，眼前的这条森林防火通道被整饬一新。引水工程的施工进度很快，上个月前来访茶的时候，尚且刚刚在这谷底施工。此番再度前来，过了弯弓河上的小桥，逶迤曲折通往山顶白茶园的道路已经全部修复好了。之前还有山体滑坡导致的泥石流壅塞、倒伏后横亘在路上的大树躯干，堵塞的道路被疏通后，让人几乎不敢相认这就是一个月前我们走过的那条险象环生的挂壁山路。幸福总是来得太过突然，只是不由会对来年心生忧惧。这热带雨林中的气候，性情暴戾，变幻莫测。说不准一场风雨之后，又从通途变回天堑。久在云南行走，已经养成了深重的忧患意识。可也只好安于当下，且将这美好铭记在心。

摩托车发力狂奔，沿着这通畅的道路直奔山巅。山顶之上，眼前所见，葳蕤茂盛的林木之下，就是国有林白茶园。路边上，正在忙碌的工人们，就是易武引水工程的施工队伍。端赖他们辛苦筑路，才有了中间这小半程的摩托驰骋。略作休憩，继续沿着山顶上的土路向前奔行了数公里。在一狭窄的山脊上，邓军停了下来，将摩托车停靠在路边，然后四下寻找，不多时指着一人多高草丛里面隐藏的一条小路说："就是这里了！接下来，要走路了。"

拨开草丛，隐约可以看到一条小路蜿蜒曲折通向雨林深处。倘若一个不留神，一定会错过这条隐蔽极深的小路。边走边聊得知：正是因为有了易武镇引水工程修造的大路，去年才新辟出这么一条捷径。比之以往的老路，已经减少了一半的难度。饶是如此，通往凤凰窝古茶园的道路，已经让我们这一行人，品尝到了寻茶国有林的艰辛与不易。

森林下的露水深重，地面湿滑。走在队伍最后面的我，一个不留神，脚下打滑，一屁股蹲坐在地上。久居都市养成的习惯，居然是本能地看看有没有人看到，想来不觉让人哑然失笑。此后又接二连三摔倒，晓雷急步上前询问："有没有摔到？"不再有之前的顾虑，也不再觉得这有多么狼狈不堪，于是随口说："不要紧，顿悟、顿悟，多墩两次也就悟了。"甜甜和董董听了哈哈大笑。事后想来，这何尝不是返璞归真后的放下呢。

一路下行，穿过一个箐子，翻过一座山梁，复又穿过一个箐子，目光掠过野生芭蕉宽大的叶子，日思夜想的凤凰窝古茶园映入眼帘。蓝天白云映照之下，高大树木耸立的森林里，散落着一片片古茶园。

低头看表，已经是下午一点多钟了。眼前的凤凰窝古茶园中，主人修造了一个简易的木棚。当下的茶园里，雨季过后，古茶树下丛生的野草早已经被勤快的主人修割干净，四顾无人，唯有从山顶沿着箐子奔流而下的溪水轰然作响，伴随着林间的清风，不知从何处飘来的花香，令人心旷神怡。

在古茶园中四下游走，本以为这里的海拔不会很高，晓雷测量之后发现，居然海拔在1470多米。抽样测量，凤凰窝中的古茶树围径大的有66厘米。有些古茶树，已经开始出现空心的现象。指南针显示：凤凰窝古茶园，坐北向南。这在我们以往考察过的国有林古茶园中并不常

凤凰窝古茶园

见。习惯性地摘取古茶树的幼嫩茶芽放入口中咀嚼,涩强于苦,回味隽永,有一种奇异的芳香。留心观察,有些古茶树的定型叶片偏小,极疑心是中叶种。细心的晓雷取出随身携带的皮尺测量,堪堪刚过标准,仍然属于叶片面积 28～50 平方厘米之间的大叶种。或许是高海拔导致的微域气候,茶树适应了高山寒凉的天气,导致叶片偏小。

已经过了中午,我们决定就在这凤凰窝古茶园简陋的窝棚中用餐。晓雷背负着的双肩背包如同百宝囊一样,里面不独有吃的喝的,还有用于急救的医疗用品,野外探寻古茶园,安全总归是首要注意的事项。

腼腆的邓军不肯同我们一起用餐,不知从哪里找出来茶园主人留下的水烟袋,坐在一边呼噜呼噜地抽烟。卢禄拿了一些食物,陪同他坐在一起边吃边聊。白馒头、咸菜,还好有晓雷闷泡了满满一大壶的熟茶,跋山涉水之后,简单的午餐配上热乎乎的熟普,别有一番风味。

闲聊之间获悉:凤凰窝以前叫作山羊箐,也曾经叫作马拐塘,一直不为外界所知。直到改名叫作凤凰窝之后,才火了起来,之前山羊箐、马拐塘的名字,就连当地的年轻人,也都快遗忘了。茶好,更要有一个好名字。

下午三点,一行人开始往回返。来的时候,心情急切,加之一路从山顶下到箐子里来,并不觉得有多累。回程的路上,或许是心愿达成了之后放松了下来,加之一路往上爬,每每觉得自己气喘如牛。回头看看跟在我后面亦步亦趋的邓军,示意他先走。这个普通话不太伶俐的瑶族茶农兄弟笑了笑不言语,仍然是不声不响地跟在后面慢慢走。或许是担心我们落在后面有危险,他一路坚持殿后。

来自郑州的王刘甜,就在快要走出丛林的时候,或许是太累了,明明脚下有路,却一脸四顾茫然的样子:"没路了呀!"我们提醒她看脚下,不断给她打气加油:"再有20米就到了。"当我们艰难地爬上最后一个坡,上到山顶的时候,突然沐浴在阳光下,才发现已经是大汗淋漓。回头再看茶农兄弟邓军,却浑似闲庭散步一般,都不带喘的,真是让人觉得佩服。

休息片刻,骑着摩托车往回走,晓雷提议顺道再去看看国有林白茶园,正合我们的心意。几公里之后,在即将下山的转弯处,我们停下摩托车,步行沿着悬崖峭壁边上的小路前往白茶园。脚下是露水打湿后的杂草,右手边是深不见底的深渊,倘若一个不小心,跌下悬崖定然粉身碎骨。小心翼翼一步步向前走,过了一条清浅的溪流,右手边就是国有林白茶园古茶园。

隐隐约约听到有人讲话,在这茂密的森林中,再没有比听到同类的声音更令人安心了,于是循声前往古茶园的深处。茶树下野草丛生,野花竞相绽放,却也让脚下更为湿滑,稍不留神就是一跤。前方传来少女

给茶树疏叶的瑶族姑娘

咯咯的笑声,抬头看,一位身着黄色羽绒服的姑娘正在摘除茶果、茶花,斜坐在横架于树杈上的木梯上,眼疾手快地劳作。走近细看,就连小小的花蕾也一并摘下。为了来年春天的茶叶有个好收成,去除茶果、茶花是必须的操作,以免其耗损营养。四下环顾,一家人散在附近,或站在树下,或攀登在树上,手头都忙活个不停。今日的劳作,都是为了有朝一日的收获。

离开白茶园,再次回到大路上。驾乘摩托车奔向谷底,再次过了弯弓河上的小桥,大家停了下来,转身回望。邓军指着眼前的一道深深的箐子说:"这就是从凤凰窝所在箐子中流下来的溪水。以弯弓河为界,一边是白茶园,另一边就是弯弓。"

继续上路前行不远,原本希望抄小路回瑶族丁家寨,右转沿着小路走出去没多远,看看觉得实在是无路可走,于是折返回来,继续沿着大路走,再次到了保护区界碑旁,右转顺原路返回。经历了大半天的日晒,原本以为上午来的时候那泥泞的道路会好走一点,结果依然如故。深深的峡谷,照不到阳光的地方仍然是烂泥路。几次三番,连人带车几乎都要翻到烂泥坑里,又每每在关键时刻化险为夷。有时不得不弃车步行,在无处下脚的地方,也只有在烂泥里踟蹰前行。

终于回到山顶通往瑶族丁家寨的大路上,晓雷骑的摩托车链子都松了,咔咔作响,还好总算是平安回到了瑶族丁家寨。

已经将近下午五点钟，天色已然不早。询问修路施工的人员，经麻黑回易武镇的路依然不通，门前通往山下214省道的道路也在施工。等待的当口，看到一位瑶族的老人家正在用刀劈竹子，于是悄悄地用相机记录下了这一幕。老人家无意中回头看到了，脸上顿时绽放出了笑容。忍不住好奇，上前询问，原来老人家是准备用劈好的竹子来编织晒茶用的竹匾。以茶为生的老一辈茶农，无论农闲农忙时节，都停不下来手中的活计，为的都是家人儿女能够过上幸福的生活。

编制竹匾的瑶族老人家

天色将晚，施工的车辆让开道路，我们一行五人驾乘吉普牧马人越野车下山，绕行214省道回到易武镇上。一下车，森然而至的凉气袭来，仿佛转眼之间，就已经又过去了一天。高山之巅的易武镇上，冬月的夜色凉如水。汲来清泉煮活水，烹煎冲瀹古茶香。举杯邀月饮，相对有几人？何年何月何日，何时何地何人，再入古茶山，共寻国有林？

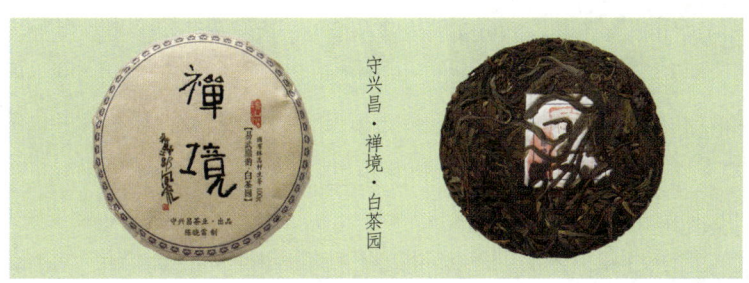

守兴昌·禅境·白茶园

当代篇

冷水河寻茶记

普洱六山记

边境森林防火通道

普洱茶中故旧六大茶山，声名最为显赫者当属易武正山。年年岁岁前来寻茶的人们，深入这彩云之南西双版纳州的深山更深处，勾留徘徊久久不忍离去，最叫人念想的则是星散分布在西双版纳易武州级自然保护区热带雨林中的国有林古茶园。

号为普洱贡茶第一镇的易武，有清一代名播天下，京师尤重之。从遥远的西南边疆到千里之外的京师，因为普洱茶，人与人之间，民族与民族之间，借由漫长的茶马古道，搭建起了经济、文化的桥梁。曾经茶马古道上的背影已经远去，消失在历史的长河里。文化是一个民族从来都不肯忘却的记忆，历经了沧海桑田的变迁，茶马古道再次展现在世人面前。

易武老街的大青树下，往昔老茶号的故居门前，荒田村的大路边上，已经衰亡的落水洞茶王树左近，麻黑村边的古茶园地边，漫撒旧寨的路畔，伫立着一方方的石刻，倘若你低头去看上一看，每一块石碑上都镌刻有"全国重点文物保护单位"的字样，落款时间是在2013年。俯瞰整个地图不难发现，这些碑刻串连起来的是一条若隐若现的路线，那就是过往茶马古道源头上留下的印记。穿越时光，我们将目光投向这巍峨耸立的大山，在这无边无际的热带雨林里，隐藏着属于普洱茶光辉岁月里遗留下的绿色宝藏，循着前人的足迹，我们一次次深入秘境，寻访国有林深处的古茶园。

清晨的第一缕阳光，透过易武客栈的玻璃窗，照耀在远道前来寻茶人的身上，窗外婉转动听的鸟鸣声响，召唤着人们再次出发去国有林冷水河古茶园探访，那是令人早早就丛生向往的地方。

守兴昌号掌门人陈晓雷，为了能让大家多休息一下，早早为大家买

茶农采集的野果

回了早点。出行之前准备好了午餐，更有随身携带的砍刀，还有必不可少的医用急救箱，周全的准备，才会让人心安。

大马力的摩托车是出入山林寻茶的最佳选择，今天出行的摩托车手，有一同去薄荷塘访茶的90后年轻小伙子卢禄和他的另外两个小伙伴，一个唤作吴世通，另一个叫作李云龙。照旧是守兴昌号掌门人陈晓雷骑着一辆摩托车，带着他的合伙人董董姑娘。马博峰坐上了吴世通骑乘的摩托车，同行的李云龙背负着沉重的双肩背包单独骑一辆摩托车作为后备支援。一行四辆摩托车，排成一条龙，沿着易武镇通往麻黑村的道路飞奔驰骋。车过荒田、落水洞、麻黑，一路风速前行。旧时的茶马古道与今日的茶乡公路，时而交会，时而并行，这让人时时出离尘外，感觉穿越了时空。

车过大漆树村，右拐驶向下山的一条盘山土路，据卢禄说："这既是森林防火的便道，也是近年来易武镇引水工程的通道。"或许是吸取了薄荷塘访茶的经验,卢禄当天换上了厚厚的外套,迎着冬日里迎面吹来的凉风,才不似从前那般难耐寒冷。风驰电掣般行驶的摩托车,无惧夜露凝霜的湿滑路面,车手们一个个面不改色地一路往深深的峡谷底部飞奔而去。先行路过的是大漆树,继而是瑶族丁家寨的辖地,既有基本农田又有经济林地。经历了去岁今年连续两年的漫长雨季,久已干涸的土地山川,渐渐恢复了热带雨林葳蕤和蓬勃的生机,让人观之心生欢喜。

在摩托车上颠簸了一个多小时后,终于下到谷底。路边上的标牌显示我们一行人即将跨入西双版纳易武州级自然保护区的领地。路旁有人挥手打招呼,原来是此行带领我们前往冷水河古茶园的瑶族向导邓家福已经早早等候在这里。邓家福招呼马博峰坐上自己骑乘的大马力摩托车头前带路一路绝尘而去。车过弯弓河,易武引水工程施工进程尚未到达这里,大型的施工机械停留在身后,余下的都是森林防火修建的便道。经历了一个漫长雨季的雨水冲刷,时不时会遇上山体滑坡现场,时而是

穿越山体滑坡路段

高大的树木倾倒后横卧在路面上，时而是倾泻而下的泥石流壅塞住了整个路面。乘坐摩托车的董董姑娘、马博峰和我三个人时不时要从摩托车上下来走路过去。摩托车手们也都一个个下来，在伙伴们的帮衬下，轰着油门推着车走过去。步行走过去的当口，仗着胆子向山下的万丈深渊看过去，难免自己也会倒吸一口凉气。

再次上路，经历了九曲十八弯的环绕之后，终于缠山而上，抵达了山巅。顺口问卢禄："这似乎看不到尽头的道路通向何方？"卢禄回答："沿着边境线环绕了一圈。"端的是有赖这森林防火道路之便，否则倘若步行走到这里，竟不知要多长时间？只是想想就让人备感艰难。

带路的瑶族向导邓家福指向路边，目光所及之处，茂密的丛林中星散分布的都是古茶树。久闻大名的国有林白茶园，就这样猝不及防地进入我的眼帘。"接下来就是小路了，骑摩托车过去，难走了一小点。"我们的向导指着林间小径，言语间一派风轻云淡。骑车穿行在山顶森林间小路上，时而左侧悬崖绝壁右侧万丈深渊，时而穿行在白茶园的古茶树之间。葳蕤茂盛的野草枝叶，柔韧伸长的茶树枝条，时时会抽打在身上、脸上。更要时刻注意脚下的路，说是一条路，掩映在杂草中间，几乎不可辨识，更兼狭窄逼仄，仅容一辆摩托车通过。

二十分钟过后，摩托车一路下行，再度驶向谷底，陡峭的坡度让人觉得随时连人带车都会一并滚下山。坐车的三个人，果断地弃车步行，尾随摩托车下山。穿行在森林中间，听山风吹动树叶，谷底水流潺潺，耳畔鸟鸣声声，顿觉这浮生半日，胜过红尘中经年。

下到谷底的时候，已经是正午时分，抬头仰望天空，树木高耸入云，白云浮动在天际之间。四下打量周遭的茶园，在森林的荫蔽之下，光影交错下的茶树叶片,斑驳陆离,呈现出一种别样的荫翳之美。

就近抽样测量了两棵古茶树,其中一株树干的围径接近100厘米,另一株的围径也有70余厘米。树形高大挺拔,能在这茂林幽境下,历经风雨的洗礼留存至今,让人徒生万分的感叹!

前方的水声渐隆,提醒我们冷水河距离前方不远。摩托车再不能前行,所有人集体徒步向前。一路下坡,穿过茂密的植被,冷水河终于出现在了众人的面前。低头探看这清溪流水,经历了漫长雨季的滋养,水量充沛。抬头望这冷水谷的两岸,壁立千仞,全无路径可循。我们的瑶族向导邓家福用手指向冷水河谷上游的深处,言之凿凿地告诉我们:"蹚着河水过去,前行100米,就将抵达冷水河古茶园的深处。"

行至此处,一行人踌躇起来。眼见向导脱了脚上的鞋子,高挽裤脚,光脚涉水而过。只好有样学样,咬紧牙关跟上。只是冰冷的河水刺骨,脚底的鹅卵石湿滑,几欲让人倾倒。蹚过河去,索性再次穿上了鞋子涉水前

涉水而行

行。越往上溯流前行,愈发觉得水位渐深,且无任何水位稍浅的路径可循。眼见河水浸泡到了向导的大腿根部,回看队伍中唯一的董董姑娘犯了难。身材娇小玲珑的她,前行也不是,退后也不能。关键时刻,一行人之中身形最为魁伟的陈晓雷伸出援手,俯身背上董董涉水而过,总算是渡过了这个难关。

翻山越岭寻茶路

冷水河畔古茶树

围径近100厘米的古茶树基部

涉水而行

茶农说这涉水而上的路程只有短短一百米距离,我们的感受却似有漫长的一公里。终于回到了岸上,几乎湿透了的长裤滴滴答答往下淌水。脱掉鞋袜放在岸边的岩石上曝晒,沐浴在这冬日的阳光下,享受着热带丛林中从未有过的美好日光浴,从内到外,整个人渐渐恢复了生气。

已经过了中午时分,转眼的工夫,茶农砍下了两片芭蕉叶,铺陈在大家面前作桌布,在西双版纳州热带丛林中没有比这更加合适的天然材料了。同行的小伙子们从双肩背包里一样样拿出早就备好的午餐,白面馒头配上咸菜、牛肉,就着保温杯里的热茶,真真是美味无比的餐点。用罢午餐,收拾残余的包装袋带出去,这可真是个好习惯。人与自然之间,需要善待彼此,才能和谐共处。

穿上鞋袜起身前行,茶农告诉我们:回程爬山,走另一边,才让我们心下稍安。冷水河的古茶园就沿途生长在这冷水河两岸悬崖峭壁上的茂林之间。手脚并用,向上攀爬,抬头看见前面人的脚,低头看见后面人的脸。这坡的陡峭程度,在此前国有林访茶的过程中,闻所未闻,见所未见。向导笑着说："茶季的时候，驻守在这山上的初制所，晚上闲了就爬山过河，找方圆左近的冷水河茶王树的茶农喝酒聊天。"他顺手一指："对面就是刮风寨的国有林茶王树。"顺着向导手指的方向，目光穿越冷水河谷，远远望去，在那半山密林深处，茶王树的茶园以及临时搭建的棚屋隐约可见。从未想过：时隔四年，竟然在这冷水河的茶园中与曾经亲身到访过的茶王树遥遥相望。

同行的陈晓雷告诉我们："如果走刮风寨茶王树的方向到访冷水河，往返的路程要比这次更远，也艰险得多。"让人忍不住丛生感叹：寻茶路远，没有最难，只有更难。

伫立感叹的当口，细心的陈晓雷从古茶树上摘下一片幼嫩的茶芽递给我。放入口中，细细咀嚼，慢慢品鉴，苦尽甘来，唇齿之间生津回甘，幽幽的花香，深长的韵味，沁人心脾，直抵心间。抬头望蓝天白云，低头看这谷底冷水河水流潺潺。朝思暮想的国有林冷水河古茶园，曾经远在天边，如今近在眼前。

往回走的小路，缠绕在悬崖峭壁上的密林中间，时而下行，时而上

行,隐藏在草丛里,若隐若现。陈晓雷头前走,董董姑娘紧随其后,隐约听见董董姑娘的呢喃:"要是知道冷水河的路这么难走,说什么都不该来以身犯险。"将近一个小时后,总算是翻山而下回到了停放在林间棚屋前的摩托车旁边。

低头看表,时间已经将近傍晚。经由马博峰提议:熟悉路况的向导直接骑着摩托车载着董董姑娘上山,陈晓雷、卢禄、吴世通、李云龙四个人,一个人骑一辆摩托车上山。这太过陡峭的山路十八弯,马博峰与我决定一起走走。一个小时过后,我们两个人爬上了山顶,坐上摩托车,一行人呼啸而过,穿森林、过茶园、下山去,又回到保护区的入口处。挥手作别向导,一路飞奔上山,沿着来时的路往回返。回首远处的大山,还有那山林深处的古茶园,伴随着夕阳西下,它们又恢复到无边的静默里,静静地等候有缘人前去相见。

寻茶冷水河,道阻且长,总是伴随着喜悦抑或感伤,正如这眼前的普洱茶饼,杯盏中生香的热茶,寄托了爱茶人殷切的期望,喜欢新茶惊艳了静好的岁月,寄望老茶收藏了过往的时光,有了这茶的相守相伴,从此无惧前方茶路漫长。

守兴昌·圣境·冷水河

当代篇 茶坪地寻茶记

普洱六山记

雨林深处的茶坪地古茶园

六大茶山中，易武名声晚起却冠绝天下。那是令无数茶友闻之倾心，心生向往的普洱茶圣山。尤以藏身于西双版纳州热带雨林深处的小微产区国有林古茶园深受青睐，但却又极难窥见其真容，让人平添了一份期待，渴望着有朝一日能够相见，那久已思慕后相逢的时刻，会有怎样的心情？

冬日的易武茶山，有一种别样的美感。依旧是蓝天白云的好风景，更有阳光明媚的好天气。对千里迢迢前来寻茶的人来讲，这无疑是最令人心旷神怡的日子。农历的节气有着神秘的力量，即使在这热带气候北缘的高山上依然能够从细微之处感知到季节的轮回。此时的太阳，不再如过往那般火辣辣地照在裸露于阳光下的皮肤上产生灼伤般生疼，而是悄无声息地变化成和煦的暖阳，照耀在身上暖洋洋的。

出行寻访小微产区国有林古茶园，充分周到的准备才是最应当上心的事宜，守兴昌号掌门人陈晓雷已经做了妥当的安排，只待艳阳高照，云开雾散后择吉时出行。

今日访茶的目的地是麻黑村刮风寨国有林小微茶产区茶坪地古茶园。去往茶坪地有两种选择：其一是从刮风寨出发，这需要提前进入寨子，找相熟的茶农商洽食宿；其二是从易武街出发。两相取舍之后，我们选择了后者。即便是在这样的季节，也是尽量避免给别人添麻烦，与人方便自己方便。

一年四季当中的西双版纳，就属这个季节昼夜温差变化大，正午阳光普照的时候但觉暖如春日，早晚却凉如深秋。我们坐在易武街上守兴昌号的茶店里喝茶，耐心等待着最佳的出行时间。

此番前去访茶，一行六人，舍越野车而乘摩托车出行。90后的卢禄找来了三辆越野摩托车，当地的方言惯称其为"张"，汽车也好，摩托车也罢，张口闭口都是论"张"来算，听起来十分有趣。入乡随俗，骑着第一张摩托车的卢禄载着我头前领路，第二张摩托车手是00后小哥哥吴世通带上王刘甜，第三张殿后的摩托车手是陈晓雷驮着董董。三张摩托车排成一条龙，离开易武街一路驰骋奔向麻黑村方向。摩托车队行至数公里外的荒田，卢禄放慢速度靠边停车，反复测试之后确定无疑是摩托车刹车失灵了。这可真是叫人惊出了一身的冷汗，还好发现得及时。卢禄打了个电话给朋友之后，说是换个摩托车回来，然后掉头骑摩托车返回去了。半个小时不到，远处传来摩托车的声响，大家打趣说："这么温柔的骑法，断然不会是卢禄。"待至摩托车抵近，却看清楚正是卢禄，大家笑个不停：敢情彪悍的摩托车手卢禄今天似乎换了个性情。

继续上路，过曼秀、落水洞直奔麻黑村，这段柏油路面平坦，三辆摩托车呼啸而过，卷起的风仿佛吹透了裤子，只觉得凉飕飕的寒气从脚踝往上漫延。这个季节入山寻茶，穿衣的厚薄是个两难的选择，穿得太厚都是累赘，穿得薄了，车辆跑起来又冷。只好咬牙硬撑，上身穿着带帽子的风衣，下身搭配长裤，头包得严严实实，也就不觉得那么冷了。

行至麻黑村，右转奔向刮风寨的方向。刮风寨在行政上隶属于麻黑村委会管辖，却相距足有二十多公里之遥，让人感叹茶山的地域之广大。山回路转，一路往谷底下行，行至半山腰转弯处，迎面一辆皮卡车经过，显然缺乏山地车辆通行经验的皮卡车司机转弯半径过大，几乎占据了整个路面。还好卢禄手疾眼快，反应灵敏，迅速靠边微斜车身，才堪堪勉强通过。

道路旁边竖立着一块石棺材河长公示牌，单是听这名号，就叫人心下为之一惊。再往下走不多远,西双版纳易武州级自然保护区竖立的标牌映入眼帘,此际开始就已经进入了保护区的地界。经历雨季的冲刷,车辆的碾轧,路面已经是稀碎破烂,越野摩托车显得格外颠簸。

行至谷底,河边上就是西双版纳易武州级自然保护区的标识,造型是一棵树与一头小象,每每看到这样的标志,就觉得莫名的亲切。车行谷底,路边上再次闪现出来的是三家寨河长公示牌,跨过三家寨河上的小桥,立即进入爬坡的过程。麻黑村通往刮风寨的道路,就属这一段坡度大,早前来寻茶的时候,开着两驱的越野车都视其为畏途,而今有了越野摩托车的加持,轻轻松松就翻越过了既往几乎难以逾越的难关。

前行数公里处,靠近河岸的路边再次出现西双版纳易武州级自然保护区竖立的标牌,正对着标牌的是一条上山的土路,宽可容纳皮卡车通行,那是通往刮风寨国有林白沙河古茶园的路径。继续前行至半程,路边上第三次出现西双版纳易武州级自然保护区竖立的标牌,挨着还有一块向后倾斜的石棺材河长公示牌,一条道路通往谷底,这就是通往刮风寨国有林茶坪地古茶园的通道了。

稍作休息,一行人继续出发。通往谷底的路开始尚且有可容纳皮卡车通行的宽度,待抵达谷底,就成了仅容一辆摩托车勉强通行的小路。经历了今年漫长雨季丰沛降水的滋养,路边上的野草疯长到一人多高。杂草丛中生长有荨麻,别名蜇人草、咬人草、蝎子草,草如其名,偶尔隔着裤子被挂到,顿感一种难耐的刺痛。骑着摩托车的陈晓雷的手被无意中挂到,转瞬间就肿了起来。

摩托车越过石棺材河上简易搭建的小桥,一头扎进了野生芭蕉林里面的小径。地面湿滑无比,一个躲闪不及,卢禄的腿撞到了砍断的芭蕉茎上，隔着裤子擦伤皮肤，青紫一片。过芭蕉林之后开始上山，说是摩托车道，露水打湿了落叶，碎石混合着泥浆，且仅容一辆摩托车通行。越野型摩托车的优点全在于通过能力强悍，完全无任何舒适性可言。为了保障安全，但凡路上有坑洼，只要能过，就加大油门强行冲过去，完全感觉不到减震的存在。终于在连滚带爬中上到了山梁上，再次停下休息。我扶着感觉已经要断了的腰，跟大家开玩笑："还好我这四十多岁的年纪，也就勉强硬撑着过来，年龄再大点，怕是到不了地方，骨头就颠断了。"大家听了哈哈大笑。

继续上路，翻过山梁的摩托车，沿着半山腰悬崖绝壁上的羊肠小路往前走，时而转入凹子里涉水而过，时而一路打滑往谷底下去。时时刻刻还要小心，头上方下垂的藤蔓，崖壁上侧生的茅草，一不留神就会狠狠地抽到脸上，生疼。脚下更是没有顺遂的道路，倒伏的树木，凸起的石头，摩托车手们要时时小心，避免血肉之躯硬怼上去，那可不是闹着玩儿的。

正如董董姑娘所言："通往茶坪地的这段摩托车道，既考验骑手们的技术，也考验坐车人的胆量。"就在感觉浑身上下的骨头都要散架的最后关头，卢禄停下车来说了一句："前面就是茶坪地了。"我们几个如获大赦般从摩托车上下来，却发现浑身僵硬，就快要不会走路了。

环顾四周，我们正处于河谷深处，旁边一条溪水哗啦啦地流向远方，身后来的方向是野生的芭蕉林，河谷两边的山坡上入眼都是郁郁葱葱的古茶园。溪畔有一座茶农搭建的棚子，在这森林的深处，能有这样暂且容身之处，已经是万幸了。此行晓雷带的保温壶派上了大用场，这壶肚大能容，满满的一大壶热茶，每人都可分上一杯，佐以点心，热食下肚

茶农休息用的棚子

之后,大家又恢复了生龙活虎的精气神。

前些时日晓雷独自进来过茶坪地一趟,说起经历,他说自己曾脱了裤子捉蚂蟥。听得大家无不心头一紧,赶忙低头查看。果不其然,一条蚂蟥已经爬上了王刘甜的脚踝,我拿起相机想要拍下来,心急之下没能拍好,本来已经抓起蚂蟥的晓雷,顺手又放了回去,引得甜甜不安地惊叫起来。低头之际,发现一条蚂蟥爬上了自己的裤腿,手疾眼快的晓雷伸出手指就捏了过去。然后又在自己的手臂上发现了蚂蟥的踪迹。卢禄卷起了裤脚,显然已经被蚂蟥

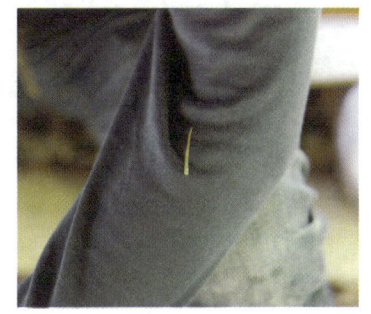

令人闻风丧胆的蚂蟥

叮咬过了。晓雷笑着说:"一开始会觉得头皮发麻,见多了,也就无感了。一年当中,最多的数七八九月份,茶农进来打理茶坪的古茶树,男的也要穿丝袜。否则咛咬得受不了。"想象一下那样的情形,感觉十分的有趣,忍不住笑出声来。

晓雷头前带路,领着大家去看茶坪地古茶园。四下打量,原本想象如大平掌那般平坦,却并无开阔的平地,于是随口说:"茶坪、茶坪,哪里有坪呢?"董董姑娘说:"草坪是草多,茶坪地应该是茶树多喽!"想来确有几分道理,到处观看茶园,比之我们早前寻访过的国有林古茶园,茶坪地古茶树数量多且茶园的面积较大。其中有一户茶农,在自家茶地的大茶树上逐一挂上标牌,一眼望不到边,到处都是。抽样测量,围径在70厘米以上的古茶树随处可见。测量定型叶,多数都是大叶种茶树。

用来过河的独木桥

好容易来一趟,晓雷决定带我们去看一下茶坪地古茶园中最大的一棵茶王树。沿着峡谷中这条名为"茶坪河"的溪流边上的小径,一路往雨林深处走去。时不时要穿越溪流,间或有独木桥横跨在溪流之上,山涧林下环境潮湿,独木桥早已经丛生青苔,湿滑异常。晓雷和卢禄站在溪流中接力扶持着董董、甜甜渡河。遇到无桥之处,体谅女性在这寒凉的冬月不宜涉水,晓雷一次次俯下身去,逐个将她们俩背过河去。

茂密的森林之中透着一种神秘的色彩。卢禄告诉大家：在刮风寨上了年纪的老人们那里，可以听到这里许多的故事。这热带雨林中，藏有多少不为人知的秘密呢？闻听此言，晓雷自顾自地述说："上次只身前来茶坪地，遍寻不见其他人影，在这林间大吼了一声，也无人回应，跑得可快就出去了。"卢禄说："任何时候，都不要一个人来，也不安全。"

往茶坪河上游溯溪而上，晓雷用手一指前方，远远望去，对面的山坡上屹立着一棵壮硕高大的高杆古茶树。走近细看，让人大为惊叹，目测主干的高度在十米以上，更让人惊讶的是树干粗壮。晓雷取出随身携带的尺子，测量出树干基部的围径在107厘米。仰望这棵古茶树，但见其傲然耸立直插云霄。据说：有人为了获得这棵高杆茶树王的承包经营权，以为期十年的协议与茶农签约，代价是为茶农营造一栋楼房。倘若在刮风寨建一栋楼房，总要数十甚至上百万元的造价。足见这棵茶树虽然身居幽谷之中，却也拥有非凡的身价。

茶坪地茶王树

已经是下午三点钟，山对面的阳光斜照过来，这片茶园中的茶树显得熠熠生辉。爬上山梁，随手摘下一片古茶树上幼嫩的茶芽，放入口中细细咀嚼慢慢品味，苦显涩弱，苦强于涩，回甘生津迅猛，齿颊留香，更让人惊艳的是鲜爽度极高，果真是山野气韵重的古树茶。

沿着山脊背下行，眼前似乎并无道路可循。晓雷笃定地说："可以下去。"缓步前行，忽然听见草丛中有声响，定睛一看，原来是一条小蛇。本能地后退了一步，只见它吐吐信子，往旁边游走了。为了避免引起同行两位女性的心惊，我假作没有看见，默不作声地亦步亦趋前行。这片茶园更加让人惊叹之处在栽植坡度的陡峭，近似于九十度垂直，观之令人心惊胆战。不觉间再次回到了涧底，穿林涉溪回到来时的茶园边上。

周遭远远听到打草机的声响，只是林深草密，看不见打草人的所在，想来也是为了打理好茶园，以图来年能够有个好收成。

到了该返程的时候，离开茶坪地往回走。摩托车在转弯的时候，自己一个不小心，小腿狠狠地撞到了斜倒在路边突出的树桩上，明明已经感觉到肯定擦伤了皮肤，心下吃痛，却忍着不言语，避免摩托车手分神。左手边深渊，右手边峭壁，容不得有半分的闪失。

此番前来茶坪地，听闻摩托车可以直达，心下还暗自松了口气，以为此行会比之前的行程要轻松不少。孰料想，居然遇上了探访国有林古茶园以来最为艰险的摩托车行程。忽然忆起友人杨涵羽说起过茶坪地，只说是距离很远，万万没想到行程竟然如此艰辛。想想她一个女性，能够深入刮风寨，探访茶坪地，这该是有多么非凡的勇气支撑，才能达成如此的行程呀！

回到刮风寨通往麻黑村的大路上，顿时感觉轻松了不少，不再觉得来时的颠簸有多么难耐。下到谷底,过三家寨河上的小桥,一路盘旋上山,当摩托车驶出西双版纳易武州级自然保护区的领地,再度驶上柏油路面时,不再有颠簸之苦,顿时觉得幸福感油然而生。回到易武街上,先行一步回来的晓雷,已经烧好了水,泡上茶,笑意盈盈地等候大家围坐茶叙。一盏热茶入喉,整个困顿的身心仿佛都在刹那间舒展开来。

回顾这一天来入山访茶的行程,恍然间犹如做了一场梦,只是但愿长醉不愿醒。在内心的最深处,我们会明了:每每总是在经历了苦苦的追寻之后,才能更加领悟到平淡生活的美好。亦如我们所钟爱的茶滋味,钟情的茶香味,回味无穷的茶韵味。

茶王树寻茶记

普洱六山记 · 当代篇

刮风寨新貌

文化内涵厚重的六大茶山，尽得世间风流的易武，谜一样的国有林小微产区，引得无数钟爱普洱的茶友纷至沓来，期望能够亲身领略古树茶的绝世风范。

今日今时的易武茶山，地域广袤，承继了古漫撒茶山、易武茶山的丰厚历史馈赠。借由西双版纳易武州级自然保护区的建立，涵盖了保护区下辖的易武镇、瑶区乡与勐伴镇的地界，涉及7个村委会的34个自然村，分布有瑶族、彝族、汉族等多个民族。据保护区统计：总计有4700公顷茶树分布于保护区内，其中古茶园2000公顷。这些古茶园如满天繁星般散落在广达33370公顷的西双版纳易武州级自然保护区的各个角落，它们都有一个共同的名字叫作国有林古茶园，每一片国有林古茶园，都有属于自己的名字，有自己忠实的拥趸。为了探寻梦想中的国有林小微产区古茶园，我们一次次深入热带雨林的深处，无数次以身犯险，只为心中所爱的普洱茶。

喜欢这浩瀚无边的热带雨林，喜欢蓝天白云下高山上寻茶的日子，只是从未曾想到过，这次奔赴麻黑村委会刮风寨国有林小微产区茶王树寻茶的经历，会是如此这般的刻骨铭心，此生此世都难以忘怀。

已经进入了12月下旬，2018年冬月的易武，气候变化无常，还好出行的当天艳阳高照，又是一个寻茶的好日子。当天的目的地是茶王树，这是易武国有林小微产区中声名显赫的明星，引得无数茶友竞折腰。早在2015年的11月，就曾有缘亲赴茶王树访茶，在我的内心深处，对于此番再度赴茶王树寻茶，其实内心是有些许抗拒的，留有人生初见的美好，不愿意亲手将其打破。最终还是没能够顶得住诱惑，再次踏上了前往茶王树的行程。

早上十点半左右，一行人准时集合出发。守兴昌号掌门人陈晓雷骑摩托车载着他的合伙人董董姑娘，00后的小哥哥吴世通骑摩托车载着王刘甜，90后的卢禄骑摩托车一如既往地载着我，一行六人骑乘三辆越野摩托车准备奔赴目的地茶王树。出发前，卢禄预估今天往返行程在80～90公里，这是历次赴国有林访茶行程中骑摩托车往返最远的距离。晓雷特意记下摩托车里程表上的数字，想要留下一个更为准确的数据。为了保障安全返回，特意先到加油站将摩托车油箱加满。然后一行人信心满满，驱车出发。从易武街出发过落水洞，路边有个指示牌一闪而过，上面标明距离刮风寨30公里。

过麻黑村右转下山，奔向刮风寨方向。行至半山腰，路边出现了西双版纳易武州级自然保护区的第一块标牌，相距不远处，竖立的是石棺材河长公示牌，标志着自此以后将进入保护区的范围。摩托车下行到山谷的底部，路边有西双版纳易武州级自然保护区的标志，造型是一棵大树下有一头小象，小象肚腹的位置有西双版纳易武州级自然保护区的文字简介。再往前面走不远，路边是三家寨河长公示牌，跨过三家寨河上的公路桥，右转上山。这一段是麻黑通往刮风寨道路上最陡的一个大坡，时至今日，都仍然是土路。在半坡之处，另行开凿了一条通道，据说要取代我们所走的路况最差的这一段，只是至今尚未完工。

上去陡坡后，沿着巍峨高耸的大山半腰，一条蜿蜒曲折的山路缠山而建，通往刮风寨方向。行至数公里外，自麻黑通往刮风寨方向的第二块西双版纳易武州级自然保护区竖立的标牌就在路边，正对着标牌的位置，就是通往刮风寨国有林白沙河的入口，坎坷的土路勉强可以单向容纳皮卡车或四驱越野车通行。春茶时节，在守兴昌号掌门人陈晓雷的带领下，曾经到访过白沙河。

过白沙河路口继续赶路，数公里之后，西双版纳易武州级自然保护区竖立的第三块标牌与石棺材河长公示牌紧挨在一起出现在路边。旁边一条下坡的小路通向谷底，那正是2018年冬月我们刚刚到访过的古茶园，连通刮风寨国有林茶坪地的山间小路。

过茶坪地的路口继续向前，路面碎石遍布，坑洼不平。卢禄的摩托车骑得飞快，无数次感觉到屁股离开车座又重重地砸下去，颠簸得人几乎都要飞了出去。只有用双脚抵紧脚蹬，双手死死抓住把手。只听得卢禄说："跑得快了也是颠，慢了也是颠，那还不如跑快点。"又过了数公里，西双版纳易武州级自然保护区竖立的第四块标牌与石棺材河长公示牌再次映入眼帘。这意味着山缠水绕，我们始终沿着石棺材河谷高山半腰的道路风速前进。

继续前行数公里之后，西双版纳易武州级自然保护区竖立在路旁的第五块标牌过去不远，前方出现了一块开阔的空地，三辆摩托车相继驶入，停下来暂作休整。环顾四周，这应当是有人想要在此建造初制所，有意推平的地基。晓雷低头看摩托车里程表，从易武街至此刚刚好30公里。

再次上路不足数百米，道路左侧正对着刮风寨的方向，往山上开辟出来了一条仅可容纳一辆皮卡车或者是越野车通行的狭窄道路。这里就是通往国有林茶王树的路，道路入口处的山坡上，悬挂着一个条幅，历经风吹雨打日光暴晒，已经脱色了，条幅上的字迹已经漫漶难识。努力辨认，猜测是保护区宣传森林防火的条幅。

摩托车掉头左转上山，发动机轰鸣声响起，如野兽般发出咆哮与嘶吼。比之三年前的那次到访，道路拓宽了些许，上次来访，道路狭窄逼仄仅仅容纳摩托车通行。此次再来，这条道路显然已经修整过了，可以容纳皮卡车或者四驱的越野车通行，只是正如同晓雷所说的那样："在茶季的时候，最好还是骑摩托车，遇有两辆汽车交汇，就很难错得开。"

路途坎坷

越野摩托车攀爬上坡后，开始沿着山脊一路飞驰。比之从麻黑村通往刮风寨的道路，这条通往茶王树的路窄是窄了一点，却始终在林下穿行。山风拂面，鸟鸣啾啾，时而有受惊的野鸡从路中间飞入草丛。道路时而穿行于山坡向阳面，时而越过山脊转入背阴面。阳光照射不到的地方，地面湿漉漉的，我们不时要从摩托车上下来，骑手们推着摩托车上坡的时候，车轮都只打滑。董董和王刘甜快步上前，前腿弓后腿绷，齐心协力帮助晓雷把摩托车推上去。

行至皮卡车所能够到的终点，这里是山脊背朝阳面一个小小的停车场，如果驾乘越野车前来，接下来就只能步行了。这次为了应对这段路，特意选择驾乘了越野型摩托车，即使如此也并没有十足把握。正如卢禄所说："试一下吧！实在不行了，就只有走路了。"三辆摩托车载着我们三人，沿着狭窄逼仄的之字形山路，曲折迂回往山谷深处突进。雨季过后，道路被冲刷出深深的壕沟，加之林木茂盛，风吹过后叶落纷纷，摩托车几次三番险些就又滑下山坡。果然被卢禄一语命中。为了安

山顶停车场

全起见,坐车的我们三个人果断选择下来步行。半个小时之后,在接近半山腰的地方,出现了一条岔路,一条通向谷底的茶王树河,另一条斜插过去,通往茶王树古茶园。据晓雷说:"从这里到谷底,看似近在咫尺,真是要去的话,往返总要两个多小时。"如此一来,我们今天就没有办法返回易武,只能留在这里过夜了,这显然是大家所无法接受的。于是决定前往位于这半山的古茶园就近探看,这也是茶王树片区最漂亮的一块茶地了,大多数能够到达茶王树的人,几乎都选择探访这片茶地。

沿着半山坡谷的一条小路走出十多分钟,林下山涧里零零散散开始出现茶树。不同于其他的国有林小微产区,这里的茶树大都是丛生的。走近仔细观察,这才发现,有的是从根部重新发出来的,有些则是种茶时一窝埋籽较多导致的。在茶不值钱的早些年,山民开荒烧山,茶树大都被烧掉后又生长出来。虽然已经时近冬月了,茶树大都停止生长,偶尔也有个别几棵茶树零星发出有嫩芽。采摘茶树上的嫩芽放入口咀嚼品鉴,紫芽尤为苦涩,好吃的是绿芽种,虽然季节导致其叶质偏硬,但苦强涩弱，回甘强劲持久，香气幽雅细腻，具有强烈的山野气韵，这是极其让人期待的茶品。

与高杆古茶树合影

在山窝窝里有一个茶农搭建的木棚，左手边一条若隐若现的小径通往密林深处。缓步前行，不远处两株并生的高杆古茶树映入眼帘，晓雷、董董与甜甜一起在此愉快地留下了影像。相较于上次前来，三株茶树现在只剩下了两株，传闻2018年春天有人爬树，蹬倒了其中一株，所以就只剩下这两株了。低头观察残余的两株茶树的根部，已经清晰可见树干基部中空。取出随身携带的尺子测量，两株并连处的基部围径96厘米。分别测量两株的围径，都将近50厘米左右。整个茶王树片区，似这般模样的高杆古茶树屈指可数，极其珍贵。

回转到茶农搭建的木棚休息，环顾四周，发现这个木棚是我们亲身经历的国有林古茶园中最为干净清爽的。木棚里还有一口杀青锅，可以采摘下鲜叶后就地加工。晓雷携带了一大壶热茶，配着咸菜馒头简单进餐。路途

仰望高杆古茶树

遥远，时间不允许我们在此长时间逗留，即行作别茶王树古茶园，踏上返程的道路。

从茶王树古茶园出来，只有一小段路相对平坦，摩托车载着我们三个走了几分钟就停了下来，陡峭的坡度，碎石头路面，三位骑手单是把摩托车骑上去都作难，只好留下我们三个步行慢慢爬上去。海拔高，山路崎岖，走不了几步就累得人气喘吁吁。迎面而来两个茶农，一个骑摩托车带着割草机，另外一个背着行囊。这个时间点进茶王树，肯定是要在这雨林深处幽深的峡谷中留宿了。茶农讨生活，也有外人不知的艰辛。

走走停停，边上的箐子里，水流潺潺，微风送爽，抛开劳累，这也是真正意义上的富氧运动。留心观察，密林中留有取直的捷径，可以不用跟着摩托车走之字形的道路绕远。三年前首度到访茶王树，整整花费了一个半小时才从茶地爬到停车场。几次三番，都有绝望的感觉，似乎真的爬不上去了，最后硬撑着灌铅一样沉重的腿，抖抖索索地走完了最后一段路。自此以后，每逢提及茶王树，都近乎本能地望而生畏。或许是有了艰苦至极的心理准备，加之被摩托车载着走了一小段，只花费了不到一个小时就爬到了山顶停车场。

三辆摩托车，一行六人，以风一般的速度赶回连通麻黑村和刮风寨的大路上。或许是已经走过了最为艰难的道路，回到大路上之后，晓雷载着董董头前飞奔而去，卢禄载着我一路狂奔，时不时会减速等一下殿后的吴世通和王刘甜，待及后车赶上来后，卢禄再次轰大油门，发力狂奔。在即将到达白沙河的岔路口不远处，悲剧上演。山峦里顺坡而下的流水浸湿了路面，就在摩托车即将飞驰而过的一刹那，车辆打滑翻倒在地，猝不及防，我右脚直接杵地。过快的车速带来的巨大的惯性与冲击力,将我从后座上狠狠摔了下来,右脚锥心般刺痛,一眼望去,右脚踝严重错位,已经向外偏转了方向,顿时抱腿大叫:"脚断了,脚断了!"翻车后向前扑倒的卢禄,就地翻转打滚,瞬间的蒙圈之后,急忙跑过来,将我先行搀扶到路边坐下。看看耷拉在一边的右脚,我痛得冷汗直流。随后赶到的吴世通和王刘甜停在路边,卢禄和甜甜开始分头拨打电话。不巧的是这里正好处于信号的盲区,卢禄的电话里只有令人绝望的嘟嘟声,还好甜甜的手机尚且有微弱的信号,反复拨打晓雷和董董的电话后,终于打通了。晓雷闻讯迅急往回赶来,卢禄借用吴世通的电话,也给自己在落水洞的朋友黄圆打电话请求前来救援。

先行一步骑着摩托车抵达现场的晓雷,询问检查了伤势之后,即刻开始简单的救治工作。用随身携带的砍刀,砍下一个树杈,树杈的位置放在脚下,用医用急救箱里的纱布简单包扎固定,避免二次伤害。卢禄说:"从落水洞赶到现场需要半个小时的时间。"难忍的疼痛让人觉得时间从未有过这样漫长,仰面朝天躺在路边上,蓝天白云如此美丽,却让人感觉到无尽的痛苦。

半个小时之后,驾驶着东风日产皮卡车的黄圆终于赶到。几个男性齐动手,将我抬起来放在皮卡车的后座上。甜甜坐在后面,抱着我受伤的右腿,用黄圆带来的抱枕垫在下面减缓冲击力。从事发现场的土路到谷底柏油路之间这一段,坑洼不平。黄圆笑着安慰说:"我是开车飞过来的,往回走开车的温柔程度,只有在载自己奶奶出行的时候才有过。"饶是如此,每逢坑洼刹车,受伤的脚都让我吃痛不住叫出声来。黄圆安慰说:"卢禄有个亲戚是个草药医生,在镇上开有医馆,是十里八乡治疗骨折跌打损伤的高手。"还说起自己早年去茶王树,翻车后摔断了一只手，硬是用另一只手把摩托车开回来的。随后又说了一句经典的话："做普洱茶生意，都是拿命换钱。"说者无心，闻者生意，让人心生凄凉。

天色将晚的时候，我们回到了易武街上。接下来的情形，就如同做了一场长长的噩梦，在经历了易武草药医生正骨、校正脱臼后，第二天辗转入勐海人民医院治疗，在入住的病房里用电钻在脚后跟处钻洞打牵引，第一次上手术台做脚外架，第二次上手术台接骨，用上了一块钛合金板、四颗钛合金钉、六颗螺帽。主治大夫安慰说："放心吧！这些材料比人的寿命都长，没有排异反应的话，可以终身携带，不用再动手术取出来了。"就此，访茶云南给身体留下了终身难以磨灭的纪念。历经二十多天住院治疗后，在春节将要到来之际，我回到了郑州继续休养。来年春天，我拄着拐杖再次奔赴云南，继续未竟的访茶行程。

此番，我们选择了驱乘越野车前往刮风寨，路过遭逢意外受伤的路段，表面上谈笑风生数说受伤的经历，身体的表现却十分诚实，腿还是会止不住地微微颤抖。人总是这样，明明知道访茶过程中潜藏凶险，但只要不落在自己身上，潜意识里就以为永远不会发生，这实际上是一种错觉，应当引以为戒。

在刮风寨新修的寨门前留下合影，俯瞰面貌焕然一新的寨子，让人生出恍如隔世之感。短短几年时间，地处深山更深处的偏远山寨，因了普洱茶行情的上扬，家家户户改建了新楼房，购买了越野车，过上了前人想都不敢想的好生活。

相熟的年轻茶农不在家，家里的老人招呼我们自己烧水泡茶。依旧是过去的老习惯，还是从刮风寨的小树茶，再到国有林茶王树的古树茶逐一品鉴。从小树茶到古树茶，滋味中的涩感由强烈趋弱几至于无，甜感、回甘由弱变强，齿颊生津；香气由芬芳馥郁至幽雅细腻；山野气韵由淡薄至强烈，深入喉底。当所有的辛苦付出，换来这一盏尚好的古树茶，刹那间觉得，所有的一切都是值得的。在夕阳西下的时候，我们离开刮风寨，踏上返回易武的归程。

一年又一年，深入茶山，韶华易逝，好茶难寻。问世间，有多少爱茶人，情不知所起，却为茶一往而情深。茶的外形朴拙，茶的汤色清澈，茶的滋味隽永，茶的香气清幽，茶的韵味悠长。那都是爱茶人永不停息追寻的梦想，那也是每个爱茶人乐享的苦乐年华。

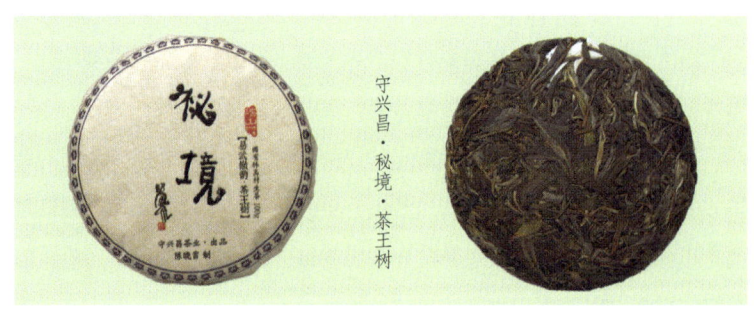

守兴昌·秘境·茶王树